ジョーイ

あるイギリス人脳性麻痺者の記憶

ジョーイ・ディーコン著
泉 康夫訳

高文研

Tongue Tied
Fifty years of friendship in a subnormality hospital
by
Joseph John Deacon

Translated by IZUMI Yasuo
Published in Japan, 2019
by Koubunken

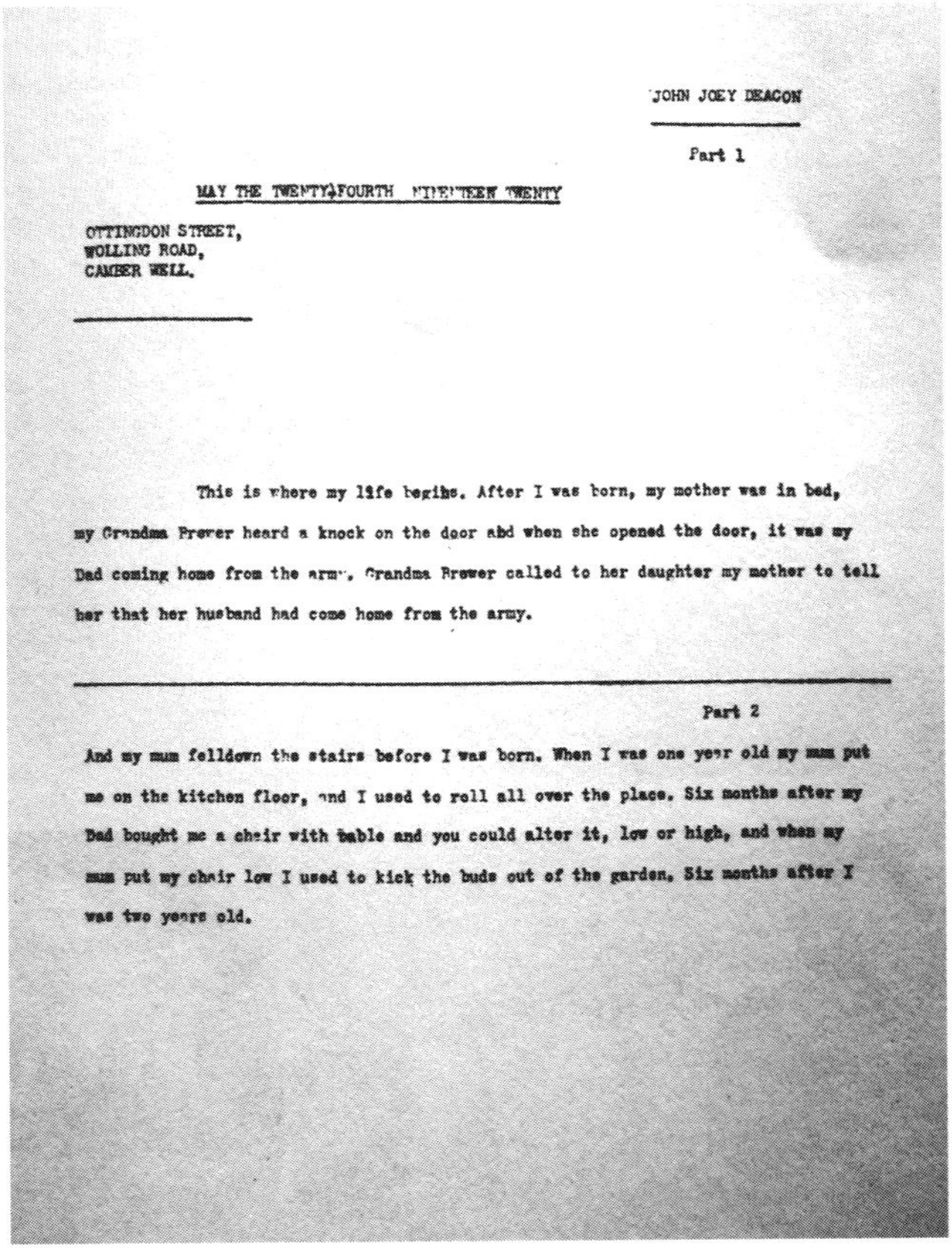

JOHN JOEY DEACON

Part 1

MAY THE TWENTY FOURTH NINETEEN TWENTY

OTTINGDON STREET,
WOLLING ROAD,
CAMBER WELL.

This is where my life begins. After I was born, my mother was in bed, my Grandma Brewer heard a knock on the door and when she opened the door, it was my Dad coming home from the army. Grandma Brewer called to her daughter my mother to tell her that her husband had come home from the army.

Part 2

And my mum felldown the stairs before I was born. When I was one year old my mum put me on the kitchen floor, and I used to roll all over the place. Six months after my Dad bought me a chair with table and you could alter it, low or high, and when my mum put my chair low I used to kick the buds out of the garden. Six months after I was two years old.

上に示すように、オリジナルのタイプ原稿は一貫して上下に分割されています。４～６行からなる各パートは、チームによる１日の成果を表しています。

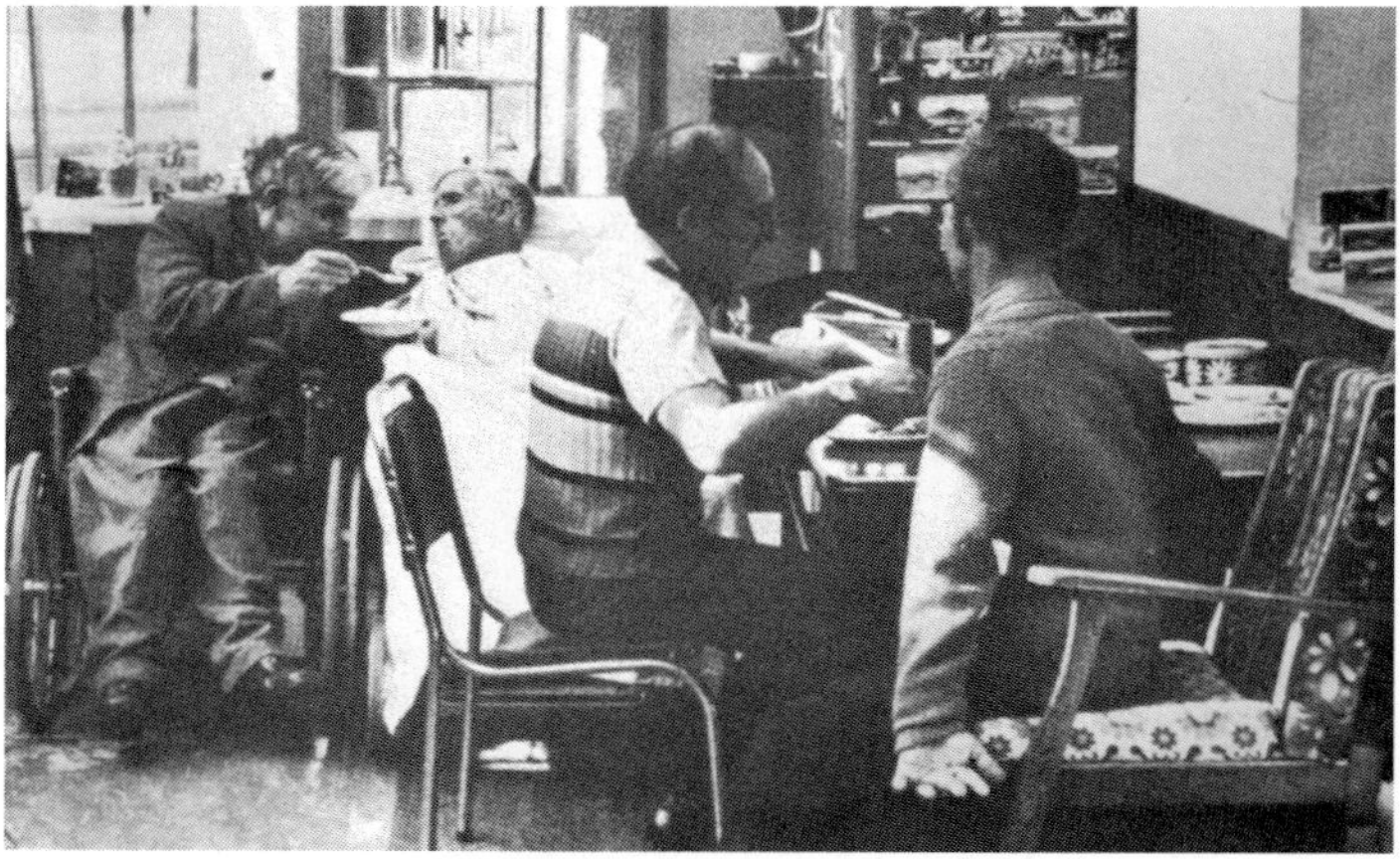

ジョーイは神経性筋疾患があって、どんな場面でも手を使うことができません。トムとアーニーが他所に行っているときは、他の入所者が彼を介助します。

執筆中の、左からトム、アーニー、ジョーイ、そしてマイケル

序文

本書は紛れもなく一人の人間による創造の産物ですが、長年にわたって行動を共にして強い絆で結ばれた、互いに忠実な親友四人によるチーム、そしてセント・ローレンス病院の入所者全員が産み出したものなのです。

著者はジョーイ・ディーコン。一九二〇年生まれの四肢に障害を持つ脳性麻痺者です。彼は八歳までは家にいましたが、その間、麻痺した下肢の手術のために入退院をくり返しました。カーシャルトンのクイーン・メアリー病院で六ヵ月間過ごした後、一九二八年にセント・ローレンス病院に入院し、初めの数年間を小児棟で過ごしました。ジョーイは四人の中で最も身体的障害が重く、現在でも昼間はいつも車椅子で過ごし、仕事場への毎日の往き来や病院内および、その周囲の散策は三人の友人に頼っています。本書を読む限り、ジョーイの最も目をひく特徴は痙攣に起因する言語障害です。実際、初めて彼に会った人は、彼がきちんとした意味の言葉を口にしていようとはにわかに信じることができません。質問に答えるにも顔をゆがめ、ヨダレをたらし、不可解な音声を発しますので、何年か彼を知っている病院スタッフでさえ、彼の言葉は未だ少ししか理解できないのです。

しかし、アーニー・ロバーツはそうではありませんでした。アーニーは一九二八年生まれ。彼も脳性麻痺者で、やはり幼児期に何度も足の手術を受けました。一九三八年にセント・ローレンス病院に入院しましたが、当時わずか一〇歳であったことからジョーイと同様に初めは小児棟に入りました。

セント・ローレンス病院では一六歳になると、子どもたちは成人棟に移されます。こうしてジョーイは一九三六年に移されましたが、アーニーが彼を追うのは八年後の一九四四年になってからでした。いくつかの出来事の正確な日付は、今では特定することが困難です（著者による日時の記憶違いもあります）が、一九四四年は四人の内の三人にとって重要な年であったように思われます。四人の内で最も障害の軽いトム・ブラックバーンが一八歳で入院したのがこの年だったからです。彼は一九二六年に身体障害を一切負うことなくグリニッジに生まれ、父親が亡くなるまでの数年間は家にいて、その後、母親が病弱だったためにおばの養子となりました。入院までの三年間は製材所で働いていましたが、養母の死後、入院は避けられませんでした。

ジョーイ、アーニー、そしてトムの三人は男性棟C1でいっしょに生活し、「毛織物分類作業場」（現在はありません）でいっしょに働く中で出会いました。この出会いは生涯にわたる友情につながりました。

アーニーはまったく歩くことができず、手と足で這って移動していました。彼の手を取り、歩くことを教えたのはトムでした。アーニーは現在、遠いところへはトムが押してくれる車椅子を使いますが、近いところならどうにか自分の足で歩いていくことができます――決して這うことはありません。

驚くほど短期間で（「一週間だ」とアーニーは言います）、ジョーイが言わんとすることをアーニーは理解できるようになりました。ある日、ジョーイがクリスマス休暇に帰宅したがっているとアーニーが病院スタッフに伝えたことで、このことが明らかになりました。その日から、アーニーとジョーイは切っても切れない仲になったのです。

一九四六年、マイケル・サングスターは一六歳でセント・ローレンス病院に入院し、チームに加わりました。彼は他の三人がいた同じ棟に入りました。彼は身体障害がなかったので、すぐにアーニーからジョーイの介護をしたり、彼の車椅子を押してくれないかと頼まれました。

こうして四人組ができあがりました。四人とも知的障害の程度はそれぞれで、内二人は重度の身体障害者でもありましたが、セント・ローレンス病院ではチームを組むことで充実した生活を送り、院内作業場でいっしょに働きました。トムとマイケルは地域の寄宿寮で十分やっていくことができましたが、それは四人にとっておよそ考えられないことでした。グループの解体を意味することになるからです。

一九五八年にジョーイは結核に罹って「病棟」に移されましたが、幸いにも完治しました。ある日、病床に就いていると、当時の担当看護師で、現在は機能訓練担当の看護師主任のレズリー・アトキンスさんが、ある脳性麻痺者がペンを足の指にはさんで本を書いたことについて彼に話しました。ジョーイも同じような事ができるとは思わないかい？　ジョーイはこの事について一人考え、その後の一二年間もこの事について考え続けました。彼の心の内についてはだれ一人として気づきませんでしたが。

そして一九七〇年のある土曜日、静かに発酵を重ねてきた考えが熟成のときを迎えたようです。ジョーイはアーニーに言いました。「自伝を書こうと思う」。そこでアーニーはその本の完成にむけてコツコツと準備にとりかかりました。アーニーはペンと紙を入手しましたが、彼は読み書きができません。しかしながらマイケルはできます。楽々というわけでも正確でもありませんが、まずまずと言えます。彼はこの作業の筆記担当になりました。

ジョーイはゆっくりと、とりとめもなく、まるで他人事のように自分の話を語り始めました。アーニーだけが理解することができました。彼はジョーイの顔をじっと見つめて座り、聞き取り、顔の向きを変え、聞き取ったことをマイケルに復唱し、マイケルはそれを必死に書きとめました。

ここで、病院スタッフと彼らの果たした役割についてふれておかなければなりません。非常に多くの人たちが少しずつ、その時々にたずさわりましたので、関係した人すべての名前を思い起こすことはできません。しかしながら二人の人間が大きな役割を果たし、内一人は本の執筆が終了するまでその役割を担いました。二人は今でも、この物語の主要な四人と親しく交流しています。男性棟C1の担当看護師、ロナルド・アトキンスさんとジョン・イートンさんです。彼らの指導の下、未だ早急な改修が必要とされている非常に老朽化した棟の中ですばらしい生活共同体が発展していったのです。四〇名を超える重度心身障害者が生活し、その多くが生活の大部分を車椅子で過ごしている環境にあってです。二人はここ何年もの間、時間を割きながらこの物語の四人に特別な支援と励ましを与えてきました。

日毎にでき上がってくる不完全な原稿をマイケルが託した先は、もちろんこの二人でした。そして、原稿に目を通して句読点をつけ加え、頭文字にアンダーラインを引き、綴りの間違いを直す一方、同時に内容には本質的な改変がないよう注意を払いながら清書したのもこの二人でした。後になって、ボランティアのクリストファー・リングさんもこれらの修正作業に加わりました。

やがて、手書きされたページをタイプで打ち出すことと、その作業の責任はトムが担うということが決まりました。アーニーはプラスチック製のタイプライターを買いましたが、あまりに壊れやすいということが間もなく分かり、そこでトムは作業に適った頑丈な中古品を買いました。しかしトムは生まれてこの方、タイプで単語一つ打ったことはありません。その上彼は、読むことも書くこともできませんでした。この作業の各工程を特徴づける静かな決意を胸に、トムは両手の指一本ずつを使い、一文字一文字、苦労を重ねながらタイプを独習したのです。こうしてジョーイは修正された手書き原稿を手に、句読点や頭文字が出てくる箇所に注意しながら一文字ずつ読み上げました。次にアーニーがその文字をトムに復唱しました。

この精緻な作業の過程で生じる間違いを減らすために、アルファベット二六文字に対応する特別な符号をトムは考案しました。この符号はすべて、八頁に掲載してあります。初めの六文字はセント・ローレンス病院の男性棟の呼称から来ています。人名はトムが知っている人のもので、セント・ローレンス病院での過去および、現在の彼のガールフレンドの名前も含まれています。彼のアルファベット発音の特徴がQとYに見られます。

アーニーがトムに対してあるアルファベット文字をタイプするよう言うと、トムは符号を使ってその文字を復唱します。例えばアーニーが「F」と言うと、トムは「F棟の

F」と言ってタイプします。アーニーが「O」と言うと、トムは「オレンジのO」と言ってタイプします。アーニーが「R」と言うと、トムは「ロバートのR」と言ってタイプします。こうして「for」という単語が完成するのです。休日や病気、あるいはどこか他所で一日働き詰めだった後を除いて、この作業が毎週ほとんどの夕方に一、二時間、一日に一〜二ページのペースで続きました。その日にタイプされたものは、その棟の担当看護師の再チェックに回されました。

もちろん多くの問題がありました。ある時などはページ番号が間違っているのに気づき、整理し直すのに丸一日かかりました。タイプライターが何度か壊れて修理したり、別のものを借りてくる間、遅れが出たこともありました。

しかしついに一四ヵ月後の一九七一年五月、この作業は終了しました。その後、ほんの数ページが加えられました。

トムのアルファベット

A-one のA　B-one のB　C-one のC　D-one のD
E-one のE　F-one のF　Gloria のG　Harry のH
Ivy のI　Jack のJ　Kettle のK　Linda のL
Mother のM　Neddie のN　Orange のO　Peter のP
Cucumber のQ　Robert のR　Sharon のS　Terry のT
U-boat(1) のU　Victor のV　Window のW　Oxo(2) のX
Willie のY　Zebra のZ

作業が終わり、本が出版されようとしている今、「何の目的で?」という問いが重要になってきます。この作品の紛れもない素朴さには真の魅力がありますが、文学作品として傑作だなどと称賛する人はだれもいないでしょう。しかし、この本には多くの価値があります。

何にも増してこの本は、重度の心身障害を負った施設入所者によって何が成され得るかということを示しています。この本はまた、こうした施設に暮らす人たちが彼ら自身の見解をもち、感情や願望を表現する権利を有しているだけでなく、公平な機会が与えられるならば、彼らには意見を表明する能力が往々にしてあるということを私たちが認識する助けとなることでしょう。私たちの看護に多かれ少なかれ依存している人たちの言葉を真剣に聴く日がきっとやってくるに違いありません。彼らが企画や協議の段階で同席する日は間違いなくやってくるはずです。そもそも私たちが企画したり、彼らに代わって協議するのは、彼らと彼らの必要のためなのですから。謙虚に耳を傾けようという気持ちにさせるものは何であれ、価値があるのです。

私たちはややもすると、心身に障害を負った入所者の潜在能力をほとんど眠ったままにしてしまう恐れがあります。それは私たちがそう望んでいるからではなく、養護するという従来からの役割故に障害のある仲間について悲観的になりがちだからです。人間というものは、知的障害者も含め、もっぱら周囲からの自分への期待に応えようとするものです。本書はおそらく、職業がら知的障害者と関わる人たちすべてを力づけてくれることでしょう。もっと多くを期待して良いのだ、と。

何よりもこの本は、協同作業によって何が成され得るかを示す一例だということです。外部からの干渉をほとんど受けずに仲間の欠けている部分を互いに補い、劇的な方法で支え合って四人はここまでやってきました。その結果、一人だけでは成し得ない独創的な作品を生み出しただけでなく、驚くほど充実し、満ち足りた生活を彼ら全員にもたらすこととなりました。この本はその上、看護師やソーシャル・ワーカー、ボランティアを含む入所者や病院スタッフといった人びとの協力を必要としました。ここには多分、知的障害者が地域社会の中で生活するという新しい方向性を考える核があります。と言うのも、お互いの欠けたところを補完し、結果として最小限の専門的支援を受けることで効果的に機能することができる障害者たちのグループを形成することが可能かも知れないからです。

これまで、この本の製作に寄与して下さった少数の方々にしかふれてきませんでした。しかし、私たちが気づかなかった方や、貢献したことをご自分ではお気づきにならなかった方もたくさんおられることでしょう。

銘記されねばならない名が一つあります。一九七二年までセント・ローレンス病院の院長であったジョン・ギブソン博士です。博士は作業の進行状況を見守り、作業が続くよう四人を絶えず励ましました。

また、ボランティア協会理事のエイブリル・ヒンクリー夫人に厚く感謝します。そして、この本に載せた図版を担当して頂いた写真家、ロバート・ブルック氏に謝意を表します。最後に、常に熱く励まし、助言して下さったビクトリア・シーナン夫人に感謝します。

セント・ローレンス病院　精神医学担当

ジョフリー・ハリス（3）

■注

（1）ユー・ボート…第一次、第二次世界大戦期のドイツ軍潜水艦の総称。

（2）オクソー…一八三七年創業の食品会社。

（3）「一九二八年」にあるハリス先生と、この序文を書かれたジョフリー・ハリス先生とは別人。

一九二〇年

一九二〇年五月二四日、キャンバーウェル、ウリング街、オッティントン通り。ここで私の人生が始まった。

■■■

私が産まれた後、母は床に就いていた。ドアを叩く音がしたので母方ブルーワーの祖母が開けると、軍からもどってきた父だった。祖母は娘（私の母）に声をかけ、夫が軍隊からもどったことを知らせた。

■■■

母は私がお腹にいたとき、過って階段から転落していた。

一九二二年

一歳の頃、母が台所で私をお座りさせると、私は床を転げ回ったという。

■　■　■

六ヵ月後、テーブルの付いた、座席の高さを上下できる椅子を父が買ってくれた。そして母が椅子を低い位置にセットすると、私は庭から伸びた草花のつぼみを蹴って遊んでいたそうだ。

■　■　■

六ヵ月後――

一九二二年

私は二歳になった。

■　■　■

砂遊びにと、母方ブルーワーの祖父が砂の入ったたらいをくれた。その頃、弟のピーターが生まれた。

一九二三年

三歳のとき、母がキャンバーウェル公園まで連れていってくれた。母は私を野外演奏ステージのそばに連れていき、ブランコに乗せてくれた。

一九二四年

だいたい四歳のとき、病院での生活が始まった。最初に行った病院はセント・チャイルズで、両脚の裏側を手術した。手術は成功しなかった。病院に行ったのは、一九二四年のことだ。

■ ■ ■

一年が過ぎた。

一九二五年

学校に通い始めた。[1] そう長くは続かなかった。オッティング通りの学校に通っていた。学校は痙攣性疾患を理由に私の通学を拒否した。私は話すことができなかった。学校に通ったのは三ヵ月間だった。その頃、妹のグラディスが生まれた。

■■■

学校に行かなくなり、いつも家にいた。母は毎朝、玄関先に私を連れ出し、通った自動車の数を私に聞いたものだった。まばたきして答えた。通過した自動車一台当たり、一回まばたきした。母はそれを理解していた。

■■■

ある休日、母と父がサウスエンドに連れていってくれた。そして「ゴールデン・イーグル号」という船に乗った。川をさかのぼり、タワー・ブリッジまで行った。激しい雷雨になった。弟のピーターと私はセーラー服を着ていた。私はハンチング[2]をかぶっていた。

■■■

翌年――

一九二五年

■注

(1) イギリスの学校教育は五歳から始まる。

(2) ハンチングはhunting(ハンティング)から来ている。この帽子は元々、乗馬や狩猟などの激しい運動向けに作られた。実用性が高く安価なハンチング帽は庶民が好んで着用した。

一九二六年

母の人生が終わった。私が六歳のときだ。一九二六年のことだった。

■■■

エムおばさんが私を引き取ってくれた。しばらくの間、ディーコンの方の祖母も世話をしてくれた。おばは、しなければならないことがたくさんあった。私と妹、弟も引き取ったからだ。

■■■

おばの娘さんのアニーが大きくなり、ネルおばさんといっしょに私とピーターを連れ、ハイド・パークまで近衛騎兵隊を見せに行ってくれた。そしてディーコンの方の祖母の家にも連れていってくれた。ディーコンの方の祖母は父の母だ。私にとって良い祖母だった。

一九二七年

七歳のとき、さらに治療を受けるためにカーシャルトン病院に行った。ここの人たちは、私がトイレに行きたいということを分かってくれなかった。この病院は好きになれなかった。カーシャルトンには六ヵ月いた。

■ ■ ■

私はカーシャルトンからローハンプトンのクイーン・メアリー病院に移され、さらに治療を受けた。ここの看護師さんたちはとても良くしてくれた。毎週日曜日の午後は、バルコニーで周りの景色を眺めさせてくれた。

■ ■ ■

父とおば、そして祖母が面会に来てくれた。

一九二八年

一九二八年二月一二日、ケイタハムに転院することになると父から告げられた。

■■■

次の木曜日、二月一六日にケイタハムに移った。最初、病院の女性棟で介護を受け、後に男性側に移された。ドリー・フレンチさんが最初の看護師さんだった。その次がルース・ボーメントさん、そしてドラ・ベイリーさんだった。どの人もとても良くしてくれた。私は幼児用ベッドに入れられ、ミルクを飲ませてもらい、半固形食を食べさせてもらった。一日中、ベッドにいた。

■■■

病院での二日目、ハリス先生の診察を受けた。

■■■

入院して最初の土曜日、ベッドから起き上がった。最初の友人はカサン・オーバーとアーサー・パースンズだった。二人は私と話そうとしたが、私は答えることができなかった。彼らは後に、私は話せないということを知らされた。当時、痙攣はそれほどでもなかった。二人はすぐに私の状態を分かってくれた。朝食時、アーサーがパンと牛乳を口に運んでくれた。昼食時にはパンや牛肉スープ、そしてライス・プディングを食べさせてくれた。ティー・タイムでのパンや牛乳もすべてアーサーがやってくれた。

■■■

月曜日に女性の心理学者のところに連れていかれ、三角形と楕円形、そして円形の違いを質問された。図形は紙に描かれていた。私は鼻を使って図を指し示した。すべて正解した。心理学者の先生はまた、一シリングは何ペニーかと質問した。一二回まばたきして答えた。先生はまばたきの意味を理解し、とても喜んでくれた。私は、このようにして心理学者に理解してもらった。喜びいっぱいで自分の棟にもどった。

■■■

ケイタハムに来て一週間、看護師さんや他の患者さんに馴染んでいった。

■■■

翌週、父が初めて面会に来てくれた。父は、息子はどのくらい分かっているかとハリス先生に聞いた。先生は、とても頭の良いお子さんですと父に話した。

■■■

一ヵ月が過ぎた。五月二四日は私の誕生日だ。朝、目が覚めてから看護師さんや周りの子たちに今日が自分の誕生日であることを伝えようとしたが、理解してもらえなかった。一生懸命やってみたが、午前中ずっとかけても分かってくれなかった。昼食後、看護師のフレンチさんが「あなたの言ってたこと、分かったわ」と言って、たくさんのバースデー・カードを持ってきてくれた。理解してもらおうと悪戦苦闘した後だっただけに、すっかり気が晴れた。

■ ■ ■

その週の日曜日、父方ディーコンの祖母とネルおばさんが面会に来てくれた。八本のローソクが立っているバースデー・ケーキを持ってだ。看護師のドリーさんが「何歳になるの？」と聞いた。八回まばたきして答えた。

■ ■ ■

六月になると看護師さんたちは私を中庭に連れていき、デッキチェアーに座らせてくれた。晴れ上がって、暖かい日だった。カサン・オーバーとアーサーが話しかけてきた。運動会の日について話しかけてきた。

■ ■ ■

そして運動会の日がやってきた。それはつまらない運動会の日だった。回転木馬もなく、朝から一日中雨だった。ティー・タイムの後になって少しワクワクした。トラックが用意され、身体障害のある子たち全員を乗せてパーリーまでを往復してくれたからだ。

トラックに乗っている間、看護師のドラ・ベイリーさんがずっと膝に乗せて抱えていてくれた。トラックに揺られて、ブーツの片方が脱げてしまった。病院にもどって、ブーツが片方ないことが分かった。看護師のドリーさんから「片っぽう、どこやっちゃったの？」と聞かれたが、答えられなかった。翌日、トラックの運転手さんが迷子のブーツを持ってきてくれた。看護師のドリーさんは怒らなかった。まあ、新品でもなかったし。

■■■

看護師さんに連れられて、よく中庭のデッキチェアーに座って過ごした。私は飛行機が飛んで行くのを眺めた。できることはそれだけだったが、楽しかった。

■■■

一〇月、レクリエーション・ホールに映画を見に行った。当時はまだサイレント映画だった。スティーブンさんが映写機を回し、ビル・レイさんがピアノを弾いた。二週に一回の割で映画を見に行っていた。

■■■

ここに来てから初めてのクリスマスが巡ってきた。看護師のドリーさんが飾りつけをしてくれた。看護師さんたちは、紙でレモンやオレンジを作って飾りにした。父がチョコレートの詰まった大きな箱を私たち皆のために持ってきた。祖母もクリスマスの靴下を持ってきてくれた。こうしたクリスマスプレゼントのお礼を私は言うことができなかった。

一九二九年

一九二九年に入った。バイオレット・モーリイという新しい看護師さんが私たちの棟に配属された。バイオレットさんにルバーブ・プディングを食べさせてもらっていると、周りの子たちみんなから笑わされた。そして笑った拍子に、ルバーブをバイ(1)のエプロン一面に吹き出してしまったのだ。でも、バイオレットさんは怒らなかった。エプロンを新しいのと替えただけだった。たとえ叱られても文句は言わなかったのに。話すことができないために、私は謝ることができなかった。バイオレットさんは、今でも病院内のカード工房で働いている。

■　■　■

この年の二月、ペミルトン夫人という学校の先生が私たちの棟にやってきた。先生に話しかけられたが、応えられなかった。先生は写真を何枚か私に見せて、対応する写真を組み合わせるよう求めた。友人だったアーサーの助けを借りて組み合わせた。アーサーはどうすれば良いのか分からなかった。私は鼻を使って、どの写真を取り、それをどこへ置くのか彼に指示した。

■　■　■

次の月曜日、ペミルトン先生は私を車椅子に乗せ、私の棟の周りを散歩してくれた。私がやってみたかったことの一つは、柱時計や腕時計の読み方を学ぶことだった。「時計の読み方が知りたいの？」とペミルトン先生に聞かれた。

■ ■ ■

この年は過ぎ——

■注

（1）「バイ」はバイオレットの愛称。

一九三〇年

一九三〇年に入った。ある日、アーサーは私にソップ(1)を食べさせようとしていたが、私は食べたくなかった。アーサーは何がどうしたのか分からなかった。アーサーは私のソップをテーブルに置いて、自分の朝食を食べた。アーサーはパンをちぎって私の口に入れ、「ジョーイはこうしてほしかったんだ」と看護師さんに言った。普通の食事でいいのにと思った。

■ ■ ■

次の日曜日、父が面会に来た。新しい女の人を連れてきていて、私に言った。「ジョーイ、新しい母さんをお前に会わせに来たんだよ」女の人は私の義母だった。新しい母はとても良くしてくれ、実の母のようだった。毎月、面会に来てくれた。

■注

(1) 牛乳、スープ、肉汁などに浸したパン切れ。

一九三一年

間もなくして義理の妹が生まれた。シルビアという名前だった。

■ ■ ■

新しい母はあまり丈夫ではなかった。一九三一年に母は亡くなった。結婚生活は長く続かなかった。シルビアは児童養護施設に出された。世話をする人がだれもいなかったからだ。

一九三二年

一二歳のとき、私がシルビアを膝に乗せ、弟のピーターが私の横にいるところを父が写真に撮ってくれた。

一九三三年

父が義理の妹を見せに来た。シルビアが二歳で、私はその時、一三歳だった。

一九三五年

一九三五年一〇月、父が再び結婚した。相手はノーウッドという場所のクリスタル・パレス出身の女性だ。会ったのはたった一度だけ。前の二人の母に比べて良い人ではなかった。義理の妹も生まれたが、これまで一度も会っていない。

■ ■ ■

三ヵ月後、カサン・オーバーが病院の男性側に移された。カサンは私のことをよく理解してくれる唯一の友人だった。

トイレに行きたいというようなことを言おうとするときは闘いだった。看護師のメアリ・アーゴさんが私たちの棟の一人におまるを持ってきたとき、私は騒ぎ立てた。彼女は私が何をほしがっているのかを理解してくれ、もう一つ持ってきてくれた。

■ ■ ■

一五歳の誕生日がやってきて、病院内の学校に通い始めた。ベイカーさんという女の先生が担任で、アルファベットと歴史を少し習った。次第に進歩した。最大の望みは話すことだった。話せる日がいつかきっと来ると考えたものだ。

一九三六年

一六歳の誕生日がやってきた。一六歳の誕生日にはどんなプレゼントがほしいかと父に聞かれた。私が自分の手首を指すと、腕時計がほしいということを父は理解してくれた。

■■■

六月四日、腕時計をもらった。

■■■

一週間後、私は男性側に移された。でもそれは、移りたいかどうかあらかじめブレイン夫人が希望を聞いてくれ、考えさせてもらった末のことだった。結局、男性側に移ることにした。女性スタッフが看護するには、成長して体が大きくなり過ぎていたからだ。火曜日に男性側に来て、以前の友人たちと再びいっしょになった。しばらくの間、とても良くしてくれた女性の看護師さんたちが恋しかった。特にノラ・オーバルタインさんが恋しくてならなかった。最高に好きな女性の一人だった。男性看護師さんが寝起きや食事の面倒を見てくれる男性側に移送してくれたのはデイビースさんだった。

■■■

まさにその次の日、男性看護師さんが私を抱え上げ、ベッドから出してくれた。食事の介助は、慣れているアーサーがいいということをデイビースさんに分かってもらおうとした。

■ ■ ■

クリケットの試合があって、試合をやっているところを看護師さんが見せに連れていってくれた。試合は土曜日だった。一九二五年に父がよく試合に連れていってくれて、父がプレイするところを見たことを思い出した。

■ ■ ■

一九三六年

この年の九月、マット・ショップ(1)で働き始めた。私は一六年間、この同じマット・ショップで働いている。ティースさんが独特な色のを探していて、それを見つけてあげたことがあった。その時、初めて自分の手を使ったのだった。働き始めたことを父に話すと、とても喜んでくれた。

■ ■ ■

一九三六年一〇月、運動場に行って、フットボール(2)の試合を見た。それ以来、フットボールに興味を持つようになった。現在は故人となっているナイトさんが病院チームに二点取ってくれた。

■■■

次の日、父が面会に来たとき、フットボールの試合を見たことを伝えようと、足でボールを蹴り出すような仕草をした。

■■■

一一月のある日、私は車椅子のハンドルを握って車椅子の後ろに立たされ、車椅子にはヘッドウリーさんが車輪を操作するために座った。こうして車椅子を押して歩くという歩行練習が始まった。

■注

（1）病院構内に設けられた授産場。マット用の毛織物を仕分けする作業が行われていた。

（2）サッカーのこと。

一九三八年

一九三八年は一年間、この歩行練習をしていた。

■■■

祖母が来て、父がまた病気になったことを知らされた。

■■■

一八歳の誕生日に父は会いに来てくれた。

■■■

そして八月にもう一度来たが、それが父に会った最後となった。

一九三九年

一九三九年、父の人生が終わった。もう痛みに苦しむことはない。

■ ■ ■

弟が国防義勇軍に入隊した。

■ ■ ■

ウィット・サンデー(1)に、弟とおば、いとこ、その夫のアーニーが皆で面会に来た。弟は軍服を着ていて、とても格好良かった。駐屯地はドーセットで、休暇になるといつも面会に来てくれた。

■ ■ ■

少ししてから、レイン夫人が傷病兵の看護という重要な部署に就くために病院を去った。

■ ■ ■

一九三九年のクリスマス、弟はいつものように来てくれた。弟にこの上ない幸運を、と祈った。

■注

（1）イエス・キリストの復活後五〇日目に、集まっていた弟子たちに聖霊が降臨し、教会が生まれたことを記念する祝祭日。

一九四〇年

義理のいとこのアーニーが陸軍に入隊した。私のいとこ、アニーの夫だ。彼は英国砲兵隊に所属し、中東に派遣された。

■■■

翌週、いとこのアニーが面会に来た。「心配しなくても大丈夫だよ」と彼女に言った——アーニーはすぐにもどってくるから、と。

■■■

三カ月後、アーニーからハガキが届いた。担当の看護師さんに返信を書いてもらった。アーサーとハロルド・スパークスに私の言いたいことを説明し、二人はそれを看護師さんに伝えた。二人が私の言いたいことを本当に理解してくれるまでに三〇分かかった。

■■■

二〇歳の誕生日におばが訪ねてくれた。一九四〇年のことだ。おばはとても良くしてくれた。私を決して見離さなかった。

■■■

空襲[1]が続く間も、アニーは会いに来てくれた。

■■■

一九四〇年九月、アニーが、ケンブリッジシャーの補助地方義勇軍に入隊するつもりでいることを知らせに来た。アニーは入隊後、軍服姿の写真を送ってくれた。その写真は、今でも持っている。

■■■

一九四〇年一一月、奇妙な手紙を受け取った。サットンで投函された手紙だった。だれが書いたものかは分からない。担当看護師のフェインさんが読んでくれた。手紙は私が知らない二人の少女からのもので、一人はジョゼフィンといった。

■■■

一九四〇年八月、弟のピーターが休暇でやってきた。思いもかけないサプライズを連れていた。私が二歳(2)のとき以来一度も会うことのなかった妹、グラディスだ。とてもうれしかった。グラディスは、ハロルド街のエレファント・アンド・キャッスルに住む母の友人に育てられたという。

■■■

ある日、グラディスから手紙をもらった。

■■■

先にふれた、私に手紙を書いたもう一人の少女はキャサリンだった。二人の少女がどのように私のことを知ったのだろうと不思議に思った。

■ ■ ■

その後、ピーターが二人について話してくれたことを思い出した。担当の看護師さんに彼女たちへの手紙の代筆を頼んだ。ハロルド・スパークスに助けを借り、私が二人の写真を送ってほしいと思っていることをフェインさんに理解してもらった。

■ ■ ■

翌週になって写真が届いた。とてもすてきな写真だった。

■ ■ ■

三週間後、少女二人が会いに来た。私と話そうとしたが、私は答えることができなかった。友人たちが私は話せないということを伝えた。弟から聞いて知っていると言った。二人とも、感じの良い子だった。私は父母の写っている写真を見せた。二人は父のことを、「すてきな人ですね」と言った。父は結婚して、いく分幸運だったんだなと思った。

■注

（1）第二次世界大戦中、一九四〇年九月七日から一九四一年五月一〇日までナチス・ドイツがイギリスに対して行った大規模空襲。

（2）筆者の記憶違い。「私が五歳、グラディスが二歳」が正しい。

一九四一年

私は変わらずマット・ショップで働いていた。一九四一年、トゥリースさんが少年二人を女性側から連れてきた。アーニーとビクターだ。トゥリースさんはアーニーに、ウールの仕分けをしている私を手伝うよう指示した。何かがほしいときや何かを伝えたいとき、彼に分かってもらおうと何回か声を立てた。最初は容易ではなかったが、アーニーは根を上げなかった。懸命に頑張り、ついに私の言うことが分かり始めた。

■ ■ ■

六ヵ月後、アーサーが男性棟Ａ１に移された。気管支炎だった。ハロルド・スパークスとはいっしょだったが、彼は私の言うことをなかなか分かってくれなかった。

一九四二年

一九四二年二月、おばと祖母が面会に来た。

■■■

アーニーが男性側に移されて私のところに来たとき、「こんにちは」と言ってみた。三回言って、理解してもらえた。アーニーは「こんにちは、ジョーイ」と言った。アーサーが気管支炎になって男性棟A１に行ってしまった、とアーニーに話した。

■■■

アーニーが移って来た次の日曜日、いとこのアニーとその友だちが面会に来た。ハロルドにもその日、面会に来た人がいた。いとこのアニーと話したかったが、それはかなりむずかしかった。アーサーはA１に行っていて、ハロルドは面会中だ。私の言うことが理解できる人はだれもいない。私は手を動かして合図を送り、アーニーを指さした。ハリス先生が理解してくれ、アーニーを連れてきてくれた。私はアーニーをいとこに紹介した。アーニーは私の言うことが理解できたのだ。こうしてすべてが始まった。少しではあったが、話らしい話を人と交わしたのはこの時が初めてだった。アーニーを通していとこに、「補助地方義勇軍はどうなの?」と聞いた。その時、私は二二歳だった。

いとこは私の言うことが理解できて、大喜びだった。アーニーは最高だった。

いとこは帰宅後、アーニーを介してどうやって私と話すことができたかを祖母に話した。

■ ■ ■

五月、弟が軍からもどり、会いに来てくれた。私はアーニーを呼んだ。床を這って移動するアーニーを弟のピーターが抱え上げ、椅子に座らせた。私はお互いを紹介した。アーニーは私が言ったことすべてをピーターにくり返した。私の言うことを理解できる人がいようとはピーターには信じられなかった。

■ ■ ■

シルビアから手紙を受け取った。まだ児童養護施設にいて、ガール・ガイド団[1]に入っていた。施設には、いつまでもいられないという。

■ ■ ■

おばが私に会わせようと、シルビアを連れてきた。妹に会えてとてもうれしかった。

■ ■ ■

間もなくクリスマスになろうかという頃、いとこのアーニーからエア・メールが届いた。そう遠くないうちに家に帰るという知らせだった。担当の看護師さんが代筆して返信を書いてくれた。私が言いたいことすべてを話すと、アーニーはそれを担当の看護師さんに伝えてくれた。

私はいとこのアーニーに、アニー（アーニーの妻）があなたに会いたがっています。軍での仕事、がんばってください。一日中車椅子に座っているのではなく、あなたの仕事の手助けができたらと思います。私は二一歳[2]ですが、何の役にも立ちません、と返信した。自分がアーニーの役に立つことができますようにと祈った。

■■■

ネルおばさんから手紙が来た。

■■■

そして祖母が面会に来た。

■■■

祖母は私への手紙で、妹に、艦隊航空隊に所属する恋人ができたことを教えてくれた。

■■■

妹のグラディスはその人と婚約した。

■■■

婚約から一年して妹は病気になり、サナトリウム[3]に隔離された。父や母と同じ病に冒されたのだと思う。

■■■

三ヵ月後、弟のピーターが面会に来た。妹のグラディスが亡くなったという。こうして家族を一人、また失った。

■■■

翌年の一九四二年、(4) シルビアから手紙が届いた。ピーターの住所を問い合わせる手紙だった。

■■■

その頃、ピーターは休暇で家に帰ることになっていた。休暇でピーターが会いに来てくれたとき、椅子の下のスペースにいつも置いてあるケースを指さした。ピーターがそのケースを開け、私はシルビアが送ってきた手紙を指さした。その手紙には、もう子どもではないので児童養護施設にはいられないと書いてあった。シルビアに会おうと思うとピーターは言った。

■■■

ピーターはシルビアを自分の家に連れていった。

ピーターがシルビアとネルおばさんも連れて、会いに来てくれた。

■■■

ある日曜日、友人のアーニーは、自分のお母さんと妹さんが会いに来るのを待っていた。アーニーが待っている間、シルビアは彼のとなりに座って祖母の方をふり向き、「アーニーさんって、すてきな方ね」と言った。祖母は、「シルビアったら気の早いこと」と言った。シルビアは看護の仕事を始める前、お菓子屋さんで働いていた。シルビアは自慢の妹だった。

■■■

看護師さんたちは良くしてくれた。彼らがいなかったら、私たちはどうしたらいいんだろう。

■注

（1）アメリカのガール・スカウトにあたる。
（2）二二歳の間違い。
（3）結核療養所。
（4）「翌年」ならば、一九四三年のはず。筆者の記憶違い。

一九四三年

一九四三年がやってきたが、この年は良い年ではなかった。グッド・フライデー(1)の朝、首の片側に痛みを感じながらベッドを出た。痛みは消えるだろうと期待し、その日は一日中泣き言は言わなかった。

■ ■ ■

しかし翌日、悪化した。担当看護師のフェインさんにその事を伝えてくれるよう友人のアーサーに頼んだ。フェインさんはどこが悪いの分からなかったので、私をベッドにもどして医師を呼んでくれた。クローフォード先生だった。

■ ■ ■

イースター・マンデー(2)に弟が面会に来た。すてきなブロンドの女性といっしょだった。担当の看護師さんはこの面会のために談話室までベッドを押していってくれた。「どうかしたの?」と弟が聞いた。弟が毛布の中から手をつかみ出してくれて、私は自分の首を指さした。ピーターは理解してくれ、首に赤いあざが見つかった。弟は担当看護師のフェインさんに、私が痛がっていると伝えた。フェインさんは、「明日の朝になったら先生に診てもらいますから」と言った。その夜はほとんど眠れなかった。とても痛かった。

■　■　■

次の朝は首を動かせなかった。朝食では何も喉を通らず、心配になった。クローフォード先生が共同寝室まで来てくれた。「来てもらえてとてもうれしいです」と心から思った。先生は首を見て、おできが大きくなっているのでA1に行った方がいいと言った。だれか私の言葉を理解できる人がいないかと辺りを見回した。しかし、皆、仕事に行っていて、だれもいなかった。そこで、クローフォード先生が私のことを理解できるかどうか試してみることにした。私は少しうなずいた。幸運にもそれが先生の目に止まり、私が理解したことを分かってくれた。

そんな訳で昼食後、私のベッドまで担架が運ばれてきた。「さあ、いよいよだ。良くなりたかったら、A1に行くしかないんだぞ」と思った。フェインさんとエイライフさんが私をA1に連れていってくれ、担当看護師のシルベスターさんと学生看護師のグリフィスさんに引き継いだ。「こんにちは、ジョーイ。治してあげるからね」と二人は言った。二人は硫酸マグネシウムの膏薬を私の首に貼ってくれた。痛みは少し和らいだ。しかし、長くは効かなかった。

■　■　■

水曜日の朝、グリフィスさんが朝食のスープを口に運んでくれ、首の具合はどうかと聞かれた。あまりかんばしくないことを伝えようと、顔をしかめた。グリフィスさんは、「心配しないで。朝食がすんだら、膏薬を取り替えてあげるから。そうすれば楽になるさ」と言った。

昼食時、牛肉スープとパンをグリフィスさんが食べさせてくれた。二時半、棟内をこちらに近づいてくる足音が聞こえた。弟と看護師さんの一人だった。看護師さんは、「安心して任せてね。すぐ良くなるから」と言った。

■■■

四日が過ぎたが、痛みはまだ消えていなかった。看護師さんたちは依然、定期的に膏薬を交換していた。

■■■

五月三日がやってきた。アーセナル対ブラックプールの決勝戦の日だった。ブラックプールが二対一で勝った。

■■■

翌日、弟がまた来てくれた。「ジョーイ、いい知らせだぞ。明日には痛みから解放されるってさ」とてもうれしかった。

■■■

翌朝、クローフォード先生が私の棟にやってきた。「さて、ジョーイ。いい知らせ、ピーター君から聞いてるよね」知っていることを理解してもらおうとほほ笑んだ。

昼食後、グリフィスさんが手術室に行く支度をしてくれ、最後に注射を打たれた。グリフィスさんとグッドゥスンさんが手術室に運んでくれた。その途中、看護師のドリー・フレンチさんに会った。手術の成功を祈ってくれた。手術室で外科医の先生が「首に痛みがあるんだよね」と言った。私はうなずいた。先生が「心配しないで。痛みはすぐに消えるからね」と言った。手術台に乗せられた。クローフォード先生から「緊張しているようだね」と言われた。早く終わってほしいと思った。

次の瞬間、マスクが顔にかぶせられ、数秒で意識がなくなった。この間、外科医は何をしていたのだろう。麻酔が効いている間は何の痛みもなかった。

目が覚めると、自分のベッドにもどされていた。そばには弟のピーターと夜勤の看護師、サンダーズさんが立っていた。私はロッカーの上の水差しを指さした。二人がかりで飲ませてくれた。その夜、私は度々二人を呼び、四リットルは飲んだに違いない。

■ ■ ■

翌朝、別人になったようだった。絶好調だった。グリフィスさんが頭の下に枕を入れてくれた。首に痛みはなく、まるで別人だった。元通りの状態になったわけではなかったが、日一日と体に力が入るようになった。

■ ■ ■

次の木曜日、シルベスターさんが抜糸してくれた。そして最初の朝食で食べたものは、ゆでタマゴ、パンを三枚、オートミールのお粥だった。グリフィスさんが食べさせてくれた。「また食べられるなんて、すばらしいじゃないか」と思った。クローフォード先生が会いに来て、首はすっかり良くなっていること、先生は英国商船隊に所属するのでもう私を診察できなくなること、そして後任はエングラー先生になるということを教えてくれた。

■ ■ ■

五月二三日、祖母とおば、いとこが訪れた。

■ ■ ■

翌日は私の誕生日だった。一三歳になり、看護師のサンディフォードさんがバースデー・カードの大きな束を持ってきてくれた。エングラー先生が私の棟に来て、首の具合を尋ねた。私は親指を立てた。先生は傷痕を見て、治り具合は順調だと言った。自分の棟にもどりたいということを先生は理解してくれるだろうと思い、私はC１の方を指さした。しかし、分かってくれなかった。そこで別の方法を試してみた。私はバースデー・カードの封筒の一通を指さした。先生はC1宛てであることに気づいた。「もどりたいのかい」と先生は聞いた。「そうです」とうなずいた。「あせりは禁物です。朝は早くから起き上がらないようにして、ベッドから出るのは一日数時間にしなさい。君は危険な手術を受けたのだから、急《せ》いてはいけないよ」と先生に言われた。

■　■　■

翌朝、ラジオで英国空軍が大きなダムを爆撃(3)したというニュースを聞いた。これはいい、戦争はもうすぐ終わるだろうと思った。

■　■　■

次の朝もまたエングラー先生が来てくれて、首の具合を聞かれた。私はまた親指を立ててみせた。半日ぐらい起きていたいのかと聞かれたので、「ええ、お願いします」とうなずいた。グリフィスさんが私を椅子に座らせ、体を毛布で包んでくれた。自分がベッドから出られることと、痛みから解放されたことがとても不思議な感じだった。ティー・タイムの後、再びベッドにもどされた。少し興奮したからに違いない。熱が出た。

■　■　■

金曜日の朝の回診のとき、C1にもどることができるとエングラー先生から言われた。

■■■

Ａ１を去る前、Ａ１の医師や看護師さんにお礼を言った。看護師さんが車椅子でＣ１に送ってくれた。友だちにまた会えてとてもうれしかった。

■■■

七ヵ月が過ぎ、一一月九日に弟のピーターが恋人を連れてやってきた。「ずい分具合良さそうだね」と弟が言った。「生まれて以来、こんなに調子のいいことはない」と答えた。私は弟の恋人にコクリとうなずいた。その年の早い時期、復活祭で会っていたパットだった。ピーターは、「今から四八時間すると、パットは兄さんの義理の妹になるんだよ」と言った。私はお祝いに彼女の両手にキスをして、二人を祝福した。「お前はとても幸せな奴だ」とピーターに言った。

■■■

一一月一一日、二人は登記所で結婚した。ピーターはまさにその翌日、休暇が明けて軍にもどらなければならなかった。

■■■

翌週、私の方の親戚全員と義理の妹パットの家族が写っている写真が同封された手紙が届いた。

この写真は、今でも持っている。義理の妹はバレエのダンサーだった。戦時中は軍のためのコンサートで踊っていた。それが縁で、ピーターと出会ったのだ。弟にとっては幸運な日だった。私も弟のように幸運だったらと願いたいが、まっ、どうしようもないよな。

■注

（1）キリスト教用語で、復活祭前の金曜日のこと。「受難日」、「受苦日」などとも呼ばれる。イエス・キリストの受難と死を記念する日。

（2）復活祭明けの月曜日。この日、イギリスでは休日。

（3）第二次世界大戦中、一九四三年五月一七日に実行されたチャスタイズ作戦。イギリス空軍によるドイツ・ルール工業地帯のダムおよび、水力発電施設の破壊を目的とした作戦。この作戦には「Bouncing bomb」と呼ばれる水面を跳ねながら標的を攻撃する爆弾が使用された。

一九四四年

一九四四年一月、間もなくすると私がおじになるだろうという手紙がピーターから来た。男の子だったらいいな、と書いて返信した。

■■■

私の誕生日の一週間前、五月一七日に知らせが届いた。男の子だった。ディーコン家の人間がもう一人この世に生まれたのだ。父親と同じ名前のピーターと名づけることにしたという。

■■■

ピーター二世が生まれて一週間後、妹のシルビアとネルおばさんが面会に来てくれた。「ねえ、ジョーイ、とうとうおじさんね」と妹は言った。私はアーニーの方をふり向いて、「お前だっておばさんだよ」と伝えるよう頼んだ。妹はとても誇らしげだった。看護の仕事の方はどうしているのか聞いた。とても気に入っていると言った。看護は世の中で一番の仕事だと伝えるようアーニーに頼んだ。一番の仕事だということが私に分かるのは当然のことだ。私の人生のほとんどが看護師さんとともにあったのだから。

■■■

また一週間が過ぎた。そして六月六日、兵士がフランスに上陸(1)していることをラジオで知った。勝利の途上にあるんだ、と思った。

■　■　■

六週間後、知り合いの女性の一人が面会に来た。もうすぐ結婚すると言う。すごいショックだった。彼女のことがとても好きだったからだ。彼女と結婚するのがだれであれ、そいつは幸せ者だ。自分だったらと願うばかりだった。

■注

（1）連合国軍によるノルマンディー上陸。

一九四五年

年が明けて一九四五年、戦争が終わって兵士が復員してきた。この年は良い年だった。と言っても、それは最後の最後になってからの話だ。こんな具合だった。クリスマスを自分の家で迎えたいと常々思っていたのだが、それまでは一度も実現したことがなかった。この事についてはピーターと話し合っていて、賛成してくれていた。クリスマスの少し前、クリスマスの帰宅が可能かどうか院長のリンゼイ先生に聞いてほしいと、同じ患者のハロルド・スパークスに頼んだ。しかし、ハロルドには私の言葉を理解してもらえなかった。リンゼイ先生がマット・ショップから出ていこうとしたちょうどその時だった。アーニー・ロバーツが先生を呼びもどし、私がクリスマスに帰宅したがっていることを伝えてくれたのだ。差し支えないだろうと先生は言った。私の言いたいことを理解してもらえないまま、先生がもう少しで行ってしまいそうだっただけに、とてもうれしかった。アーニーって、何ていい奴なんだ。

アーニーがリンゼイ先生に、私がクリスマスに帰宅したがっていることを話してくれた。この一八年間を通じて、初めて家で過ごすクリスマスだ。先生は、弟のピーターに手紙を書き、聞いてみた方がいいと言った。私はピーターに手紙を書き、会いに来てほしいと頼んだ。

■■■

ピーターが来てくれた。奥さんと赤ちゃんもいっしょだった。リンゼイ先生の言葉を伝えた。まず、いとこのアニーと話す必要があるな、とピーターは言った。アニーは賛成してくれた。こうして、クリスマスを初めて家で過ごす手はずがすべて整った。

■■■

帰宅する前日の土曜日、看護師さんの一人が夕方にひげを剃ってくれていた。その時、フットボールの試合結果がラジオで放送された。賭けていたのだ、アーセナルに。アーセナルは四ゴール必要だった。アーセナルが四対三で勝ったというアナウンサーの声を聞いた途端、喜びのあまり躍り上がってしまった。看護師さんに押さえつけられた。私は足を車椅子から突き出し、賭けに勝ったことを病院スタッフに伝えようとした。「ついてるな」と、看護師さんが口々に言った。次の日、お金をもらった。

■■■

帰宅する日、いとこのアーニーとおじが迎えに来た。ケイタハム駅まで車椅子を押してくれた。駅に着いたとき、自分のポケットを指さした。いとこが、何かほしいのかと聞いた。フットボールの賭けで勝ったお金が入っている財布があるから、それで自分の運賃を払いたいと言った。いとこは「大丈夫だよ」と言って、私の分を払ってくれた。汽車が入ってきて、とてもワクワクした。二人がかりで私を抱き上げて客車に乗せ、車椅子は乗務員車両に運びこんだ。

私がもう一度ポケットを指さすと、アーニーは財布をとり出した。お金でいっぱいだった。私は足を蹴り出し、周りの注意を引いた。向かい側に座っている人が手に新聞を持っていたからだ。私は新聞に向かってコクリとうなずき、賭けで勝ったことを話すよういとこを促した。アーニーがその人に説明すると、「ラッキーな年だったね」と言った。汽車が駅を出発し、夢ではありませんようにと心から思った。フォレスト・ヒル駅で降り、いとこが車椅子をキャットフォードまでずっと押してくれた。

いとこのアーニーが言った。「さあ、ジョーイ、家に着いたぞ」彼は車椅子から私を抱き上げ、二階まで運んでくれた。最初に会ったのは祖母だった。おばあちゃん、ありがとう。暖炉のそばのひじ掛け椅子に座らせてくれた。いとこのアニーが最初にしてくれたのは、昼食の介助だった。すごいごちそうだった。その時、私は病院にいる友だちのアーニーのことを考えていた。彼がいなくて院長先生に説明してくれなかったら、家族といっしょに今ここにはいられなかっただろう。

■ ■ ■

クリスマス・イブの朝、ラジオから賛美歌が流れた。いとこのアニーが朝食に半熟のゆで玉子を食べさせてくれた。その姿は、かつて私に食べさせてくれた母にそっくりだと思った。その思いを伝えようと、いとこの手にキスした。クリスマス・イブの日は一日中、親類が私に会いに来た。

■■■

クリスマスの朝に目が覚め、クリスマスに家にいられるなんて、すばらしいじゃないかと思った。いとこのアニーが紅茶をベッドまで運んでくれた。まるで貴族のような生活だと思った。昼食にはチキンとマッシュポテト、芽キャベツを食べた。そしてデザートはおいしいクリスマス・プディングだった。

午後はずっと、弟のピーターが妻子を連れて私に会いに来ていた。息子のピーターを膝に乗せてくれた。この子は祖父に似ていると思った。その夜は一二時まで起きていた。家族で一人だけ姿が見えなかった。シルビアだ。病院での勤務があって来られなかったのだ。私の病院の看護師さんと同様、シルビアも患者さんたちがくつろいで過ごせるよう介護していることを願った。ピーターは帰り際、翌日のボクシング・デー[1]に私を連れ出してもいいかとアニーに聞いた。「いいわよ。一時半までに連れ帰ってくれるならね。ジョーイにはケイタハムにもどる前に昼食をとってもらわないといけないから」アニーが言った。

■■■

ピーターは私を連れ出し、どこか行きたいところがあるかと聞いた。特になかったので、その辺を見て歩きたいと言った。ある家の前でピーターに車椅子を止めてもらい、ドアをノックするよう頼むと、ピーターはとても驚いていた。ネルおばさんがドアを開け、私の姿を見てとても喜んでくれた。いとこのハロルドが私を車椅子から抱き上げ、家の中に運んでくれた。とても歓迎され、おばがピアノを弾いてくれた。時はたちまちの内に過ぎ、昼食を食べにもどらなければならない時間になった。別れを告げると、ケイタハムまで送って行くから後で会おうとハロルドが言った。昼食にはウサギのパイを食べ、最後はクリスマス・プディングで締めくくった。良いことは、すべて終わりが来るものだと思った。

出発を待っていると、いとこのアーニーのお母さんが会いに来た。皆で談笑していて、テーブルの上にある時計が目に入った。私はアーニーに合図を送って、もし良かったら、持っていって修理してもいいかと尋ねた。皆が「いいよ」と言った。

フォレスト・ヒル駅に到着したとき、「さようなら、ロンドン」と自分自身につぶやいた。そして、ケイタハムに向かう汽車に乗った。私は休暇を思う存分楽しんだ。友人のアーニー・ロバーツのお陰だ。ケイタハムに着くと、いとこのアーニーとハロルドが病院の建つ大きな丘の上まで車椅子を押して登ってくれた。大変な重労働だった。五時に自分の棟に着いた。

私が真っ先にしたのは、アーニー・ロバーツに会って、彼がしてくれたことにお礼を言うことだった。アーニーが大好きなグラムフォン・レコードをプレゼントとして買ってあった。その夜はとても疲れていたが、幸せな気持ちでベッドに入った。これまでで一番のクリスマスだと思った。

■ ■ ■

翌日、マット・ショップにもどって仕事を再開した。クリスマスにどれだけ楽しい時を過ごしたかを皆に話した。

■注

（1） クリスマスの翌日で、かつては教会が貧しい人たちのために寄付を募ったクリスマス・プレゼントの箱（box）を開ける日であったことから「Boxing Day」と呼ばれる。

一九四六年

一九四六年がやってきた。ある日曜日、カーシャルトンを離れて以来、一度も会っていない母方のクラウドおじさんが面会に来た。おじは英軍医療部隊に所属していて、部隊長だった。私の祖母であり、おじにとっては母親の様子について聞いてくれるようアーニーに頼んだ。「母は亡くなりました」とおじが言った。私はとても悲しかった。祖母には五年会っていなかった。祖母はかつてダグラス病院に勤め、亡くなったときは六一歳だった。こうして会うことができてとてもうれしく思っていること、そしてまたいつかお会いできたらと思っていることをおじに伝えるようアーニーに頼んだ。おじは、アーニーが私の言うことを理解することができてとてもうれしい、また会いに来ますと言った。

■■■

二月、ジョゼフィンという少女から結婚したことを伝える手紙が届いた。「大変うれしく思います。私のような何の役にも立たない体の男ではなく、健康な体の男性と結婚されたことを喜んでいます」と書いて返信した。

一九四六年

■ ■ ■

三月のある月曜日、シルビアが勤務先の病院から初めて休みをもらって、面会に来てくれた。とても疲れているように思えた。シルビアはハンドバッグからロケットを取り出し、フタを開けた。中には弟のピーターと私が写っている写真が入っていた。「ゴールデン・イーグル号」という船の上で撮った写真だ。私はセーラー服を着ていた。遠い昔のことだ。前に母がこの写真を見せてくれたことを覚えている、とシルビアに伝えるようアーニーに頼んだ。看護の仕事はどうなのかとか、資格試験はもう受けたのかと聞いた。「受けたわ」と妹は言ったが、学生時代と違って結果は悪かったそうだ。

きつい仕事だけどがんばって、とアーニーを通して伝えた。一九四五年のクリスマスに帰宅したことをピーターから聞いているかと尋ねたら、「ええ、聞いたわ」と言って、勤務があって行けなかったことをとても残念がっていた。「大丈夫。また機会があると思う」シルビアは言った。

■ ■ ■

五月末、ディーコン家に男の子がまた一人生まれた。私が二六歳になった一週間後のことだ。「今は、ただ女の子がほしいんだろ？　そうすれば二男一女になって、父さん、母さんと同じになるからな」私は弟のピーターに言った。

■■■

数週間後、戦争が終わってから病院で初となる運動会の日だった。あの暗黒の日々の後、再び回転木馬やブランコが見られるのはすばらしいことだった。クリケットやフットボールの試合、そしてもう爆弾を落とす心配のない飛行機を再び見られるのはすばらしいことだった。

■■■

またクリスマスがやってきた。去年のこの時期、休暇をもらって家で過ごしてたんだなと思った。

■■■

翌日のボクシング・デーにすばらしいサプライズがあった。二人の訪問者があったのだ。いとこのアニーとその夫のアーニーだった。二人に会えてとてもうれしかった。大好きな祖母はまだ元気で、二歳児のように歩きまわり、若者のようにバスに飛び乗っては降りてあちこち駆け回っていると話してくれた。

■■■

間もなくして――――

一九四七年

一九四七年になった。新年になって、いとこのアニーがまた会いに来てくれた。私はジョーイは話すのがだんだん上手くなっているような気がする、と彼女は言った。私は友人のアーニーに向かってうなずき、「これ以上上手く話すのは無理です。アーニーがいなかったら、だれとも話すことはできないんです」といとこに伝えるよう頼んだ。

■ ■ ■

三月、弟が軍服を着ないで面会に来た。軍服を着ていない彼の姿を見たのは、この九年間で初めてだった。弟は今は除隊して、ブロムリーのアイラーダウン街に家を買ったと言う。それを聞いて、とてもうれしかった。軍を退役して、再び家で妻子といっしょにいられるなんて、すばらしいに決まってるよね、と私は言った。弟もそう思うと言った。誕生日には何がほしいかと弟から聞かれた。そこで私は弟の足を引っ張り、「家に一日行きたいな」と言うと、「一日じゃつまんないだろ？　八日間ってことだろ？」と弟。「本当に？」と言うように、弟を見た。

■ ■ ■

この件についてそれ以上は何も聞いていなかったので、次の週になってフーパーさんがマット・ショップに入ってきて「君の弟さんって、気が早いね」と言ったとき、「一体何のことだろう?」と思った――その後、誕生日プレゼントのことだと気づいた。三月のまだ中旬だったが、五月二四日に帰宅させてほしいと弟は手紙で申し込んでいたのだ。何週間も先の話だ。

■ ■ ■

次の二ヵ月は長く感じられてならなかった。雪が降り止む気配はまったくなく、私の誕生日前日にも降った。まさか五月に雪が降るとは。

■ ■ ■

翌日は誕生日だった。それまでとは打って変わって、すばらしい日和だった。友人の一人のハリー・ポラードとアーニーが、学生看護師のジェフ・サムナーさんから私の帰宅の支度をしてあげるようにと頼まれた。私は気持ちがとても高ぶっていて、そして目がヒリヒリしていた。ハリー・ポラードが私の髪にポマードを塗りすぎたため、中庭で車椅子に座ってピーターの到着を待っている間にポマードが顔にたれてきて目に入ったからだ。午後は、もう一人の学生看護師のジョン・パウルさんが臨時看護師のメイスンさんと勤務していた。

一時半、弟が到着したという大きな声が私の棟の方から聞こえた。パウルさんが事務所まで車椅子を押していくと、ピーターが待っていた。私は車に乗せられ、車椅子は車の屋根に括りつけられて、いよいよブロムリーへと出発した。途中、白い建物が見えた――皮製品の工場だ。「あそこでだれが働いてたか知ってるかい？」弟が聞いた。「父さんだ」と言って、自分のネクタイを指さした。弟は私の言うことが分かった。父はいつも蝶ネクタイをしていたからだ。

ちょうど三時前に家に着いた。ピーターの妻は下の息子のデイビッドを入浴させていた。上の息子のピーター二世は庭で遊んでいた。弟は私を家に運び入れ、ひじ掛け椅子に座らせてくれた。さあ、また帰ってきたぞ。わが家だぞ。弟のピーターはパン屋さんに勤めていて、病院に私を迎えに行くために二時間ばかり時間をもらってきていた。そのため、また店にもどらなければならなかった。

ピーターは仕事を終え、二七本のローソクが立っているバースデー・ケーキを買って五時に帰宅した。何ていい弟なんだろうと思った。すばらしいティー・パーティーの後、六時になってまたサプライズがあった。玄関のドアをノックする音がして、現れたのはだれあろう、妹のシルビアだった。病院の勤務を終えて駆けつけてくれたのだ。妹はコートを脱ぎ、居間に入ってきた。

一九四七年

ピーターがケーキのローソクに火をつけた。「ジョーイ、自分がどれだけ幸せか分かってないだろ」と思った。病院にいる仲間、特に今こうして自分の家にいられるようにしてくれたアーニーのことを考えていた。ピーター二世とデイビッドがローソクの火を吹き消し、父親のピーターがケーキを切った。病院の仲間にこのケーキの半分を持ち帰りたいということをピーターに分かってもらうことができた。かなりコツが要った。

バースデー・パーティーは間もなく終わった。ピーターは私を抱えて二階のベッドに運んでくれた。シルビアとピーターの奥さんが「おやすみなさい」と告げに、二階に上ってきた。

「神の祝福が皆にありますように」と心から思った。ベッドで横を向いたとき、化粧台の上の写真が目に入った。母と父の写真だ。この写真は最初、私が母方ブルーワーの祖母に譲り、その後父方ディーコンの祖母、そして弟のピーターの手にわたったものだ。その夜、長いことその写真を見ていた。いつの間にか眠ってしまった。

■■■

翌日のウィット・サンデーの朝、ピーターが入ってきて、「おはよう」と言った。私が写真の方をふり返ると、弟は「そう。この写真はずい分あっちこっち回って来たんだよね。返してほしい?」と言った。何と言っていいのか分からなかった。「結局、ジョーイが長男なんだから持ってた方がいいんじゃないかな」私は「どうもありがとう」と言った。この写真は、今でも持っている。弟は私の体を起こし、洗面をし、ひげを剃り、服を着せ、階段を下ろしてくれた。弟はバター付きのパンを細く切り、シルビアに言った。「兄さんには、お前が食べさせてあげた方がいいな」

その日の午前中、ピーターが「ガスコンロの熱湯のことを覚えてるかい？」と言った。「うん」と答えた。私たち二人がまだ小さかった頃、ピーターがガスコンロにかけてあったシチューのなべを引っ張って熱湯でやけどする寸前、私はピーターを蹴とばして事なきを得たことがあったのだ。

昼食にはチキンと芽キャベツ、そしてデザートにセモリナ（1）を食べた。昼食後、奥さんのパットが食器洗いをしている間にピーターは眠ってしまった。その午後、私に会いに来てくれた人が大勢いて、居間で挨拶を交わした。

私はお客さん全員に紹介され、その度にやさしく笑顔で返した。目を覚ましたピーターが二階から下りてきて、「兄のジョーイのこと、どう思います？」と皆に聞いた。「歩くことができたら、どんな女性と結婚するか迷っただろうな」とお客さんの一人が言った。その通りだと思った。歩けさえしたら、どんなにすばらしいだろう。でも、気にすまい。こういう体に生まれてしまったのだから。

お客さんが帰ると、「明日は外出しよう」と弟が言った。私はうなずいた。私が弟の妻や子どもたち二人の方を見遣ると、「うん、みんなでいっしょに行こう」と弟は言った。ティー・タイムの後、ピーターがアルバムを出してきて、フットボールやクリケット、ボクシング、そして水泳をいつもやっていた父の写真を見せてくれた。水泳が私たち一家の一番好きなスポーツだった。母はもっぱらテニスが好きだった。私たちの家族が本当にスポーツ好きだったということが、これでお分かりでしょう。

写真を見ながら、とても楽しい午後を過ごした。弟がタワー・ブリッジの写真を見せた。私は心が躍った。「兄さんが何を考えているか分かるよ。あの日、セーラー服を着て『ゴールデン・イーグル号』に乗りに行ったんだよね」と弟は言った。私はうなずき、空を見て、電球を見て、バタバタと足を踏み鳴らした。弟はその一連の動きを考え合わせ、「うん、そうだったね」と言った。あの日は激しい雷雨だったのだ。

■　■　■

翌日のウィット・マンデー(2)の朝、ベッドで朝食をとった。軍隊ではこんなことしなかっただろうし、病院でだってこんなことしないな、と思った。朝食の後、弟の妻のパットが家の掃除をしている間にピーターが顔を洗ってくれて、服を着せてくれた。お客さんが来たことをパットが大声で二階に知らせてくれた。ネルおばさんだった。ピーターは私を一階に下ろしてひじ掛け椅子に座らせ、おばに言った。「兄さんですよ」おばは笑って、「上手く介助できてるの?」と弟に聞いた。ピーターは「もちろん大丈夫です」と答えた。

昼食後、ピーターは私を車椅子に乗せ、パットは子どもたちの身支度をして、皆でブロムリー公園に出かけた。

その途中、勤務明けで白衣のままのシルビアに出会った。

「どこ行くの?」シルビアが聞いた。

「公園だよ」私たちは答えた。

「車椅子を押すのに人手は要らない?」とシルビア。

「何とかなるから大丈夫」と弟。

弟は、シルビアが一日の勤務を終えて疲れ切っているだろうと思い遣ったのだ。シルビアの昼食はすでに家に用意されていて、食べるばかりになっていた。私たちは公園に行き、子どもたちが池で遊んでいる姿を見ていた。すばらしいウィット・マンデーだった。しばらくしてピーターが「そろそろ家に帰らなくちゃ」と言った。昼食後、ピーターは再び仕事にもどらなくてはならないからだ。ピーターはパン焼き職人で、翌日のパンを作らなければならないのだ。

帰ってみると、シルビアは本を読んでいた。「もう昼食はすんだの?」とピーターが聞くと、「いいえ、勉強してるから」とシルビアは言った。「本は置いといて、何か食べろよ。今は勤務時間外だろ？　死んだ父さんや母さんが行ってしまったところにお前を行かせたくないんだよ」とピーターは言った。ピーター、お前の言う通りだと心から思った。これ以上、家族のだれかを失うわけにはいかない。

夕食後、ピーターは私を裏庭に連れ出した。庭に座って、、幼かった頃や隣の家のニワトリ小屋のことを思い出していた。ピーターが「父さんがよく飼ってたニワトリのこと、覚えてるかい？」と言った。私はうなずいて、ニワトリ小屋を作ったのは父だということを弟に知らせるためにハンマーで釘を打つ真似をした。私はまた、こんなことも覚えている。「ご家族の写真、一枚撮りましょうか」とお隣さんから聞かれたことがあった。母が「ちょっと、こんな格好ですから」と言うと、「そんなこと、いいじゃありませんか」と隣の人は言った。という訳で、上着を脱いでシャツ姿でニワトリ小屋を作っている父といっしょのところを撮ってもらったのだ。その写真は、今でも持っている。あの頃は良かったね、とピーターにほほ笑んだ。

庭で夕食をピーターに食べさせてもらった。二人の子たちは走り回り、リンゴの木に登ったりしていた。自分も小さかった頃、ああいうことができたら良かったのになと思った。しかしともかく、自分は今のままで恵まれているのだ。夕食後、家の中に入った。

「兄さんが帰る前にもう一度来るわね」と言い残して、シルビアは病院にもどっていった。その夜もピーターがベッドまで運んでくれた。

■ ■ ■

翌朝、ピーターに早くに起こされた。弟の仕事は朝が早いからだ。彼の妻のパットが顔を洗ってくれて、子どもたちといっしょに牛乳のソップを食べさせてくれた。ピーター二世は学校に行った。パットは買い物に出かけた。帰ってくるまでお願いしますと、下の子を私に預けていった。とても大人しい子だった。その子と話すことはできなかったが、足をバタバタと踏み鳴らして笑わせた。そのくらいのことしかしてあげられなかった。パットが帰ってきて、デイビッドの面倒を見てもらったことの礼を言った。とてもすばらしい子どもたちだと思った。そのおじであることが誇らしかった。

昼食には煮魚とマッシュポテトが出て、パットが食べさせてくれた。昼食後、玄関のドアをノックする音がした。入ってきたのはだれあろう、大好きな祖母だった。祖母の姿を見て、少しワクワクした。祖母は、私を家に呼んでくれたことに対して、パットとピーターに礼を言った。パットは、お世話できてうれしいですと言った。五時半過ぎ、祖母が帰りかけたところへ、ピーターが仕事からもどった。「ジョーイにとって、あなたはいい弟だわ」と祖母は言った。ピーターは、「それが、兄弟ってもんさ」と言った。

■■■

デイビッドの誕生日は、私がセント・ローレンス病院にもどる日でもあった。デイビッドにプレゼントしたかった。私はお金の入ったポケットを指さした。ピーターは私がポケットから財布を出してほしいこと、そしてデイビッドに心ばかりのプレゼントを買うお金を受け取ってほしいのだということを理解してくれた。ピーターは、「病院にもどる前にどこか行きたいところがあるかい?」と言った。五月三一日のことだ。

■■■

私は困った。行きたいところを理解してもらう方法が思いつかなかったのだ。思いついた唯一の方法は、お目当ての店の前を通りかかったときにその店を何とか指さすというものだった。車はかなり速く走っていて、道も混んでいたので簡単ではなかった。幸運を祈って目を見開いていると、運が味方してくれた。信号待ちで車が止まり、ショー・ウィンドウにレコードが飾られている店があったのだ。レコードが買いたいということを弟に分かってもらおうとその店を指さした。しかし、信号が青に変わってしまい、時間が足りなかった。結局、運に見放されてしまった。ケイタハムには六時半に着いた。当直のジェフ・サムナーさんが、皆にバースデー・ケーキを切って配ってくれた。私は友人のアーニーに、病院にもどる途中でレコードを買ってあげようとしたが、チャンスがなかったことを伝えた。そこで、どんなレコードをアーニーに買ってあげてほしいかという手紙を書いて、ピーターに送ることにした。

■ ■ ■

四週間後、そのレコードを持ってピーターが面会に来てくれた。シルビアは家にいて、体調があまり良くないと教えてくれた。勉強と仕事を一生懸命にやり過ぎて、しっかり食べていないのだろうと弟は考えていた。

■ ■ ■

しかし翌週、良くなって仕事にもどったという手紙を受け取った。とてもうれしかった。

■ ■ ■

六カ月が過ぎ、ネルおばさんが訪ねてくれた。おばは別のおじを私に会わせようと連れてきていた。おじの名前はジャック。父と一緒に皮製品の工場で働いていた人だ。おじはよくクリケットをしていた。会ったのは、赤ん坊のとき以来初めてだった。このおじとネルおばさんは今でも会いに来てくれる。なぜ私に会いに来るまでそんなに長くかかったのかと言うと、おじは私の言葉が理解できなかったからだ。でも今、友人のアーニーのお陰ですべてが変わった。私はアーニーを通して、娘さんのジャクリーンやメイズィーはどうしているかと聞いた。アーニーが私の言葉を理解できることにおじは大変驚き、とても喜んでいた。

■　■　■

その年のクリスマスの頃、ピーターと祖母が会いに来た。そして二人がいる間、別の人の訪問を受けた。クラウドおじさんだった。ドアのところにいる人がだれだか分かるかと弟のピーターに聞いた。弟は分からなかった。母の弟だということを教えてあげた。クラウドおじさんはピーターに二〇年も会っていないのに、即座にピーターだということが分かった。おじは英軍医療部隊での任務について話してくれた。ピーターは、近々三人目が生まれる予定であることを教えてくれた。今度は女の子だったらいいな、そうすればピーターとパットは父さんや母さんと同じになるんだからと私はアーニーを通じて伝えた。「うん、そうなるといいな。でもあまり気をもんでもね。まあ、神の御業を拝見といきましょう」とピーターは言った。

■　■　■

クリスマスがやってきて、去り、またたく間に——

■注

一九四七年

（1）牛乳で茹でて甘くした粗挽き小麦のプリン。

（2）聖霊降臨祭の翌日の月曜日。

一九四八年

一九四八年になった。一月、物理療法士のレイン夫人が言った。「歩行訓練をしてみようと考えています」いい考えだと思った。やって損はない。ひとつやってみよう。

■ ■ ■

次の月曜日の朝、アーニーが車椅子を押して物理療法室に連れていってくれた。レインさんは、筋肉を柔らかくする治療にとりかかった。また、筋肉の緊張をほぐす電気治療も受けた。私は以前、一九三九年に歩こうとしたことがあったが、上手くいかなかった。だから今度は全力で臨み、できる限り頑張るつもりだった。

■ ■ ■

その頃のことだが、倉庫でだれも使っていない古ぼけたバガテル(1)の台を見つけた。仲間の一人が私の車椅子を台の端に寄せた。私は手首の背の部分で球を次々と転がした。そして、アーサー・バースンズがスコアをつけた。

■ ■ ■

この後すぐ、アーニー・ロバーツと私はチームを二つ作った。肢体不自由の患者から一チーム、身体障害のない患者から一チームだ。病院スタッフも含め、皆が関心を示した。こうして、私たちのゲームが始まった。

■ ■ ■

三月二三日、弟のピーターから手紙が届いた。また私がおじになったこと、今度は女の子だったことが書かれていた。躍り上がって喜んだ。家族構成が両親とまったく同じになったねと、すぐさま返信を送った。二男一女だ。

■ ■ ■

一週間後、いとこのアニーが会いに来た。新しい赤ちゃんのことを聞いて、彼女はとても喜んだ。「だんだん家族が大きくなるのね」と言った。私も同じことができたらと思った。歩行練習に再挑戦しているので、成功を祈ってほしいと彼女に伝えるようアーニーに頼んだ。「神よ、どうか歩かせ給え」心からそう思った。

■ ■ ■

一九四八年

この年、私は二八歳だった。四月、思いがけなくシルビアが会いに来た。面会の用意などしていなかった。マット・ショップで仕事をしていたところ、担当看護師のフェインさんが知らせに来てくれたのだ。シルビアは疲れている様子で、痩せていた。病院の仕事がかなりきついのだろう。新しいめいの様子を聞くと、「名前はリンダ。母さんにそっくりなの」。それを聞いて、とても誇らしかった。

■■■

私の誕生日がやってきた。この年は月曜日だった。友人のアーニーに物理療法士のレインさんのところに連れていってもらうと、「あなたたちを驚かすことがあるのよ。あなたとアーニー、そしてマイケルを連れてドライブに行こうと思ってるの」とレインさん。

■■■

レインさんは、三人をアッシュダウンの森へ連れていってくれた。この時、風車を見た記憶がある。すばらしい天気で、車は幌の屋根をたたみ、さわやかなそよ風に吹かれた。レインさんにどう感謝すれば良いか分からなかった。五時半にもどると、「今日お休みした分、明日は頑張って働いてよ」とレインさんは言った。

■■■

数ヵ月が過ぎた。頑張ってはいたが、まだ歩くことはできなかった。ある日、レインさんは副え木を私の脚に当て、私を立たせた。レインさんは私の両手をつかんでいたが、私は自分の足で一〇分間立っていた。次に、つかんでいた手を順々に放した。その時、私は生まれて初めて自力で立っていたのだ。

■■■

また運動会の日が来た。よく晴れ上がった、暖かい日だった。看護師さんの一人が回転木馬に乗せてくれた。それまで一度も乗ったことがなかったので初めはおっかなかったが、すぐに慣れて大いに楽しんだ。

■　■　■

八月、友人のアーニーが初めて自分の家に帰った。私の言葉を理解できる人がだれもいなくて、途方にくれた。彼がいなかったその二週間は二年間くらいに感じられた。もどってきたときは、どれほどうれしかったことか。

■　■　■

一〇月は担当看護師のフェインさんが準看護師長に昇進し、事務所で働くために私たちの棟を去った。見送るのはとても残念だった。フェインさんの後任に、とてもすばらしい看護師さんがすぐに配属された。ナイトさんだ。この人も後に看護師長になった。

■　■　■

一一月、フットボールの優勝戦を見に行きたいかどうかナイトさんから聞かれた。フットボールは大好きなスポーツなので、見に行きたいとアーニーに伝えてもらった。

■　■　■

その同じ月、いとこのアニーから、クリスマスにまた家に帰りたいかと問う手紙が届いた。「本当にありがとうございます。またクリスマスに家に帰りたいです」と返事を書いた。

■ ■ ■

一二月一四日、クリスマスに一〇日間の休みがもらえるとのことを当時の看護師長のフーバーさんが教えてくれた。

■ ■ ■

次の週の日曜日、友人のアーニーが身支度を整えてくれ、昼食時には別の友人のアーサーが昼食とプディングを食べさせてくれた。食事が終わってすぐ、電話が鳴った。今は退職しているノビー・クラークさんが電話に出た。友人のアーニーが言った。「ジョーイ、あの電話、きっと君にだよ」その通りだった。クラークさんが事務所から出てきて言った。「用意はいいかい、ジョーイ？　いとこのアーニーさんが迎えに来てるよ」仲間に別れを告げ、出発した。いとこのアーニーは、八百屋さんをやっている弟のボブを連れてきていた。ボブはトラックを持っていて、それに乗って家に帰った。何ていい親戚がいるんだろうと思った。

その日は晴天だった。家には二時半に着いた。私はボブの手にキスした——私が感謝の気持ちを表すたった一つの方法だ。大好きな祖母がティー・タイムのお菓子を食べさせてくれた。祖母は、妹のシルビアが病気だと教えてくれた。しばらく手紙が来なかったのはそのせいだったのかと思った。妹が少し心配になった。

■ ■ ■

そして次の日、いとこのアニーが車椅子を押してピーターの家まで行ってくれた。奥さんのパットはドアを開けると、ピーターを呼んだ。「お客様よ」

ピーターが来て、私を車椅子から抱き上げて中に運んでくれた。弟の子どもたちは皆、部屋で遊んでいた。

「顔色が良くないみたいだね」弟が言った。

「妹のことが心配なんだ」私は言った。

「シルビアは看護師としてではなく、患者として病院にいるんだ。結核のね」と弟は言った。

この病気は、わが家の大敵らしい。ピーターは、私を家に呼んでくれたことに対してアニーに礼を言い、私にプレゼントを買ってあげてくれと一ポンド札を彼女にわたした。私はピーターに礼を言い、すぐに帰路についた。いとこのアニーが帰宅するまでに家にもどっている必要があったからだ。

家に帰る途中、アニーが言った。

「明日、ゴルフ場まで車椅子を押していくわ」

私がとがめるような顔をしたので、彼女はほほ笑んで言った。

「私がゴルフをするんじゃないのよ。私、そこで働いてるの。二人で行けば、あなたも私の上司に会えるじゃない。一週間お休みをもらうつもりなの。そうすればあなたをあちこち連れていけるでしょ?」

■ ■ ■

翌日、二人でゴルフ場に行き、あたりの景色を眺めた。上司にも会った。とてもいい人で、アニーに一週間の休暇をくれた。その帰り道、「明日は映画を見に行きましょう」とアニーは言った。

■ ■ ■

翌朝、「私が帰ったら出かけましょう」と言い置いて、アニーは買い物に出かけた。その朝はベッドで暖かいミルクとポップコーンの朝食をとった。祖母が食べさせてくれた。食べさせてもらっていると、階段で足音がした。だれあろう、ローズおばさんといとこのブレンダが寝室に入ってきたので、どれほど驚いたことか。ローズおばさんは祖母の一番下の娘で、父の妹だ。おばと最後に会ったのは一九三九年八月だった。おばからもクリスマスだからと一ポンドいただいた。テッドおじさんがどうしているか知りたかったが、おばといとこには理解してもらえなかった。おじは金歯を入れていたが、金のように見えるものが何も見当たらなかった。そのとき突然、祖母の金の結婚指輪が目に入った。と同時に、アニーが買い物からもどった。私は祖母の指輪と自分の歯を指さした。アニーは指輪と歯について考えた末、テッドおじさんについての質問だということに行き着いた。理解してもらえて、とてもうれしかった。おじさんはとても元気だとローズおばさんが言った。ローズおばさんといとこのブレンダは帰り際、私が病院にもどる前にもう一度来ますと言った。アニーは私を起き上がらせ、私の顔を洗い、ひげを剃り、服を着せ、居間まで運んでくれた。

アニーが昼食を料理してくれた。うさぎのパイだった。アニーが映画に行く私の身支度を整えている間、祖母は食器を洗っていた。隣家の人が私を抱えて玄関先の階段を下り、車椅子に座らせてくれた。映画館に向かう途中、車椅子がキーキーときしみ出した。そこでアニーは車椅子をお肉屋さんに押していき、友人のジャックさんに注油をお願いした。油をさしてもらい、お互いに自己紹介をした後、私たちは再び映画館へと向かった。

戦争映画だった。とても楽しかった。もう一本の方はコメディアン・コンビのローレルとハーディーのもので、とても愉快だった。この映画館のスタッフは、ビル・クックさんというアニーの友人だった。マリー夫人という人を覚えているかとアニーに聞かれた。私はうなずいた。アニーが言うには、ビルさんはマリー夫人の娘さんのウィニーさんと結婚していて、マリー夫人の義理の息子さんということだった。座席までビルさんが抱えて運んでくれた。私は後ろの列に座りたかった。頭がいつも痙攣して動いてしまうので、だれにも迷惑をかけたくなかったからだ。しかし空いていなくて、前の方の列に座るしかなかった。私が脳性麻痺であることをアニーが後ろの人たちに話すと、本当にいい人ばかりで、少しも嫌がられなかった。映画館には二時間半いた。存分に楽しんだ。五時半に出た。

■ ■ ■

クリスマスの朝はアーニーが顔を洗ってくれ、服を着せてくれた。そして、車椅子に乗せ、暖炉のそばに寄せてくれた。最初の訪問客はピーターの奥さんのパットで、クリスマス・プディングを持ってきていた。「中に入っているハーフ・クラウン[2]を飲みこまないようにね」彼女は言った。ピーターの様子を聞こうとしたが、パットは私の言葉が分からなかった。

帰り際、パットが「ピーターはティー・タイムの後で来るそうです」と言った。パットは私の口から私が言おうとしたことをつかみ取ったのだ。シルビアが仕事に復帰したとか、また白衣を着ているといった良い知らせがピーターから聞けるといいなと思った。

昼食にはベイクト・ポテトと芽キャベツ、バターで調理した七面鳥を食べた。食べさせてくれたのはだれあろう、祖母だった。私がほんの子どもだった何年も前のように食べさせてくれた。祖母は今、ディーコン二世に食べさせていた。それは私のことだ。うん、おいしい昼食だった。クリスマス・プディングを食べ、ハーフ・クラウンを見つけたときには、もうお腹いっぱいだった。昼食がすみ、食器洗いがすっかり片づくと、近所の人が何人かアニーに会いに来た。その一人はベティーさんというスコットランド出身の女性だった。彼女はとてもいい人で、この人たちと会えて楽しかった。

ティー・タイムになって、ちょうど始めようとした矢先、階段を上ってくる音がした。アニーが言った。「きっと弟さんのピーターよ」その通りだった。ピーターが部屋に入ってくると、「あなたがジョーイ兄さんに食べさせてあげる？」とアニーが言った。弟は、「いいとも。任せてくれ」と答えた。シルビアからのピーターへの手紙には、少し良くなったけれど胸のレントゲンを撮ることになるとあったそうだ。レントゲンの結果が問題ないといいなと思った。ピーターも私自身もシルビアのことが気がかりでならなかった。とにかくシルビアに会いに病院に行くつもりだとピーターは言った。アニーとお隣さん、そしてアーニーは、皆で「キング・アルフレッド」というパブに飲みに行った。ピーターと私は家に残り、たっぷりと話した。ピーターは、「アーニーって、いいいとこじゃない？」と言った。また、「俺たち二人のことなら心配ないのに、アーニーったら兄さんを家で毎月四八時間預かれるようにって、車の運転を習うつもりでいるんだよ」とも言った。実現したらいいなと思った。

六時頃、ネルおばさんが夫と息子さんを連れ、ピーターに会いに来た。他は皆、飲みに行っていると伝えると、三人は私たちと暖炉を囲んで座り、いっしょに話をした。ハロルドおじさんが「カーシャルトンに君を訪ねたこと、覚えてるかな？　車椅子を押して中庭を歩いたんだけど」と言った。私はうなずいた。しかしこれとは別の話で、父が来たときのことも思い出した。父は脳性麻痺者用の車椅子に私を乗せ、よく中庭を散歩してくれたからだ。おじと話していて、私が六歳だった一九二六年の記憶がよみがえった。

アニーとアーニー、そして祖母が帰ってきて、ピーターとハロルドおじさん、ネルおばさんは引き揚げることにした。クリスマスの日の残りの時間は、夜中までカードをして遊んだ。アーニーが「ベッドに行く時間だな」と言ったときにはすっかり疲れていて、眠くなっていた。ベッドに入って、すぐに眠ってしまった。

■
■
■

目が覚めるとボクシング・デーだった。アニーが朝食をベッドに運んでくれた。アニーは、「ねえ、ジョーイ。楽しい一〇日間が終わって、また病院にもどらなければならないのね」と言った。良いことはすべて、必ず終わりが来るものなんだなと思った。

朝食がすみ、洗面やひげ剃りをしてもらい、病院にもどる支度をした。この日の昼食にはチキン・スープを食べた。アーニーの弟のボブが二時半に私を迎えに来る手はずになっていたが、現れなかった。アーニーの友人がトラックで来て、どんなトラブルがあったのか伝えた。彼はアーニーに「君の兄さんはこのトラックに乗せてくれ。俺がフォレスト・ヒルの駅まで連れていくから」と言った。

駅に着くと、アーニーは陸橋の下に私の車椅子を止め、駅に入っていった。アーニーが列車の切符を買いに行っている間にアメリカ兵が何人かやってきて、話しかけられた。私は親指を立て、話せないことを知らせようとした。どうやら意味が分かってもらえたようだった。

アーニーは切符を買ってもどってくると、列車が来るまであと五分だと言った。車椅子を抱えてどうやってプラットホームへと続く階段を上り、時間に間に合ったのか分からない。しかしホームにたどり着いたちょうどその時、列車が入ってくる音が聞こえた。もうすぐ友だちのいる病院への帰途につくんだなと思った。列車が停車すると、運転士さんがいとこに向かって叫んだ。「わざわざ車椅子から降ろさなくていいぞ。そのままこの車両に乗せてくれ。俺の後ろのな」「さっそく乗りこんで、運転しちゃおうか。何か手伝ってやろうよ」とアーニーが言った。

手伝うことができさえしたらな、したいことをする力を天上のだれかさんが与えてくれたらなと心から思った。おっと、すべての幸せをつかむことはできないんだぞ、と思い直した。汽車に揺られながら、窓の外を眺めた。何てすばらしい田園風景なんだろう、イギリスは何てすてきな国なんだろうと思った。この国に生まれて誇らしかった。病院への帰りはまたたく間だった。運転士さんにすばらしい汽車の旅の礼を言った。アーニーは再び、車椅子を丘の上まで押して登るという大変な仕事をしてくれた。病院には五時過ぎに着いた。

私は休暇を楽しみ、友だちのところにもどってきて幸せだったが、シルビアのことがまだ少し心配だった。良くなっているだろうかと思った。自分の棟にもどったときの当直看護師はナイトさんだったという記憶がある。皆が出迎えてくれた。友人のアーニーに会ってすぐ、色々としてもらってとても感謝していることをいとこのアーニーに伝えるよう頼んだ。駅からずっと車椅子を押してきて、疲れ果てていたに違いない。

重い砲車を押して、中東の方々を歩き回った時のことを思い出したのではないだろうか。いずれにしてもいとこのアーニーはいい人で、妻のアニーは誇りにしているのが私には分かる。

■注

（1）釘が打たれた盤に球を転がし、枠に入ると点数となるゲーム。

（2）半クラウン銀貨（half crown）は、イギリスの旧通貨制度における二シリング六ペンスに相当する。

一九四九年

一九四九年の初め、ペンキの塗り替えが行われる間、自分たちの棟から出なければならなかった。

■ ■ ■

そしてその年の一月六日、悪い知らせを受け取った。ピーターからだった。シルビアがサナトリウムに隔離されたという。この知らせを聞いて、とても残念だった。シルビアは正看護師試験の途中だった。毎夜、妹のために祈った。医師の手で何とかできますようにと祈った。一月一七日がピーターの誕生日だということを思い出し、ネクタイとバースデー・カードを買った。ピーターの方が私よりも心配していることは分かっていた。これまで一度も会ったことのない義理の妹のルースを除くと、家族は私たち三人だけだった。ルースはクリスタル・パレスで、父が三度目の結婚でもうけた子だ。

■ ■ ■

二月、シルビアが少し良くなったという便りをピーターからもらった。幸運を祈り続けようと書いて返信した。

■ ■ ■

三月、シルビアは肺の手術を受け、月末までには大分良くなった。しかし、すっかり治ったかどうかを医師が判断するには、まだ日が浅かった。

■ ■ ■

四月、いとこのアニーが来た。シルビアがどんな具合なのか聞くよう友人のアーニーに頼んだ。ピーターに会って聞いたところでは、シルビアは体重がずい分と減ってしまい、かなり体力をつける必要があると言っていたという。シルビアは十分に食べていなかった。体を休めるどころか、まだ勉強に打ちこんでいた。看護という仕事が大好きだったのだ。しかし妹は今、自分のことを看てくれる看護師さんが必要となっていた。良くなるようにと、毎日祈った。家族の死はもうたくさんだった。私たちにとってシルビアはとても良い義理の妹だった。それからというもの、ピーターからの手紙が届く度に、悪い知らせではないかと開封するのが怖かった。

■ ■ ■

一九四九年

シルビアがサナトリウムに入って約六ヵ月が過ぎた七月、中庭で朝食を取ることができるくらい暖かい日だった。この朝、看護師のドイルさんが、次の日曜日に会いに行くというピーターの手紙を持って来た。

■ ■ ■

その日曜日、ピーターがドアを開けて入ってきたとき、最初に目に飛びこんできたのは黒ネクタイと袖についた黒ダイヤのカフスボタン(1)だった。シルビアが二週間前に亡くなったと言う。気管支疾患がまた家族を襲ったと聞いても、私にはさほど意外ではなかった。しかしピーターが「ジョーイ、いよいよ俺たち二人だけだね」と言ったとき、「この先、何があるか分からないな」としか言えなかった。しかしその後、「先のことは心配しないようにしようよ。いい親戚がいるってこと、それが大事さ。ありがたいことだよ」とピーターに伝えるようアーニーに言った。私はピーターに義理の母と妹の消息を聞いたが、「二人がクリスタル・パレスにいたとき以来、一度も会ってないし、何の音沙汰もない。今じゃ、俺たちのことなんか忘れてるに違いないさ」とピーターは言った。

「シルビアはついに果たせなかったけど、ディーコン家に看護師が一人はいてほしいって願ってるんだ。お前の娘のリンダはどうかな」と話すと、「まだずい分先の話じゃないか。たったの三歳だよ。でも、俺の言うことを聞いてくれたら、リンダは看護師になるだろうし、母親の方だったら、バレエダンサーだな」とピーターは言った。看護という仕事の方がずっと大切なのにと思った。

■
■
■

時がたつにつれ、シルビアを失った悲しみに次第に打ち克てるようになった。明るい気持ちでいられるようになった。ある日、A1棟にテレビが入ったという話を耳にした。この時、友人のアーニーは足の具合が悪くて寝たきりだった。そのアーニーに、私たちの棟にも一台お願いしたいという手紙を委員会に宛てて書いてみたらどうだろうと話した。言うまでもなく、皆に笑われた。「頭、どうかしてんじゃない?」と言う者さえいた。たぶんそうだと思った。しかし、とにかく書くだけ書いてみよう。別の友人に手紙の代筆を頼み、委員会宛てに投函した。

■ ■ ■

次の土曜日、マット・ショップで働いていると、エングラー先生が入ってきた。先生は私のところに来て、「君がテレビを一台頼んでるって聞いてるんだが」と言った。私はこの時、別の友人といっしょにいた。私の言葉がまあまあ分かるハロルド・スパークスとだ。そこで、私の棟にいる脳性麻痺者全員のためにあの手紙を書いたということを伝えるようハロルドに頼んだ。するとエングラー先生は、「うん、実を言うと君たちのために一台注文してあるんだ」と言った。それっきりテレビについて考えることはなかったが、後でアーニーに先生の言ったことを伝えた。いつテレビが入るのかは知らなかった。

■　■　■

一〇月一九日火曜日、トム・ブラックバーンがマット・ショップに入ってきて、「ジョーイ、テレビ屋さんが来てるよ」と言った。「それって、ここにテレビが来たってこと？」「そうだよ」とトム。皆に伝えるようアーニーに言った。そして次の瞬間、大変な握手攻めにあった。頭がどうかしていると私に言った少年が「ジョーイ、ぼくが言ったことは取り消します」と言った。私はアーニーに言った。「彼に伝えてくれ。君は実に正しいって。だって、頭がどうかしてるっていうのが、ぼくたち全員がここにいる理由だからな」これが皆の笑いを誘った。

■　■　■

担当看護師のナイトさんが昇進して看護師長室に去っていったとき、私たち全員が残念に思った。後任にはウッドウォードさんが着任したが、私はこの時、二〇年前を思い返していた。私が男性側に移されたときの担当看護師だった人は、このウッドウォードさんのおじに当たるディック・ウッドウォードさんだったからだ。アーニーを通してウッドウォードさんと、彼のおじさんについてかなり話した。クリケットをするかどうか聞くと、「速球投手だ」と言う。「あなたが対ダートフォード戦で試合している姿を見たような気がします。試合はこちらの勝ちでした」

■ ■ ■

ほどなくして、私は具合が悪くなった。歯槽膿瘍だった。担当の看護師さんが診察のためにエングラー先生のところに私を連れていくと、折を見て抜歯しなければならないだろうと告げられた。歯槽膿瘍が破れ、口の中に何か気持ち悪いものがたまった。口をすすがずにはいられなかった。

■ ■ ■

次の木曜日、トム・ブラックバーンにA３棟へ連れていってもらい、抜歯した。歯を抜いた後、ポムロイさんに感謝の意を伝えようと会釈した。トムに連れ帰ってもらい、ティー・タイムの後にハウジー・ハウジー(2)をした――四シリングの勝ち。ゲームが終わって、ベッドに入った。歯痛に苦しみ出してから一週間、初の熟睡だった。痛みから解放されて、気分が良かった。

■ ■ ■

次の日曜日、母の弟のクラウドおじさんがやってきた。おじは私に会えてとても喜んでいた。ビスケットを持ってきてくれた。ピーターはどうしているかと聞かれた。義理の妹のシルビアを失ってからピーターには会っていないこと、そしてピーターは何も言わないけれど、彼自身決して体調がいいようには思えないとおじに伝えた。

■注

（1）品質の劣った暗色のダイヤモンド。

（2）イギリス式ビンゴ。

一九五〇年

一九五〇年、ジョー・オーチャードさんという学生看護師が配属された。私に目をかけてくれた。彼はある日、私とアーニー、トム、そしてフレディー・ジャックマンを映画に連れていってくれた。『インドの歌』という映画だった。一時間半の映画で、終始楽しかった。

映画が終わると、トムが私を車椅子に乗せ、フレディーが丘の上までずっと押してくれて病院にもどった。

■ ■ ■

この年の一一月、副院長のファーミン先生が数名の学生看護師を連れてきた。その内の二人はアトキンスさんという兄弟だった。二人は勉強中の身だった。ファーミン先生は私が何歳なのかアーニーに聞いた。五月二四日で三〇歳になったと答えた。学生看護師たちが去ってから、「あの兄弟の一人は、二〇年もしない内にこの棟の担当になっていると思うな」とアーニーに言うと、「二〇年たつと君はいくつだい？」とアーニー。「その話題かよ。五〇だな。定年間近だ」

■■■

クリスマスがまた巡ってきて、いとこのアニーと祖母の訪問を受けた。八二になっても未だ壮健な祖母に会えてうれしかった。いとこのアニーもすごく元気そうだった。ピーターはどうしているかとアニーに聞くと、「まあまあ元気よ。クリスマスの後で会いに来るって」と言った。

■■■

クリスマスが過ぎ――

一九五一年

一九五一年が巡ってきた。ある日、物理療法士のレインさんの診察を受けた。テーブルが付いていて、高さを上げ下げできる脳性麻痺者用の車椅子を私に用意してくれると言う。

「そういう車椅子は気に入ってもらえるかしら、ジョーイ?」「はい、お願いします。きっと気に入ると思います」と答えた。

■　■　■

この車椅子が届いたとき、アーサーが私の食事の介護をする度にいちいち椅子を低くしなければならなかった最初の頃のことを思い出した。

■　■　■

およそ六ヵ月後のある日、エングラー先生が来て、筋肉の緊張を緩める錠剤があるが試してみないかと聞かれた。「はい」とは言えなかった。こうした薬は保健省に多額の出費を強いることになるに違いないと考えたからだ。

アーニーに話して、エングラー先生に私の考えを伝えてもらった。先生は「君のその考え方は立派だが、もしその薬が君の役に立つのなら試してみる価値はあると思うよ」

と言った。

■
■
■

その錠剤を一週間服用してみて、人に話しかけられたときに起こる筋肉の硬直がかなり緩和されたように感じた。

■
■
■

その後、ある人から「君の髪の毛、どうしたの?」と聞かれた。そこで、「どうしたの?」ってどういう意味なのか聞いてみてほしいとアーニーに言った。その人は、「だってアーニー、お前の友だち、髪の毛がブロンドになってきてるじゃん」と言う。トイレの鏡で見てみた。「彼の言う通りだ。アーニー、君もブロンドだぞ。髪の毛がブロンドになったのは、あの錠剤が原因だと思うな」アーニーは当時担当看護師だったリチャーズさんのところに行って、この事を伝えた。リチャーズさんがやってきて、私を見るなり言った。「ほとんど私と同じブロンドだね」

私はアーニーに「ブロンドになったのは、あの錠剤のせいだと思うか聞いてくれ」と言った。リチャーズさんは「ジョーイ、多分そうだ」と言い、同じ錠剤を服用している人を見に行った。皆、同様にブロンドになりかかっていたので、リチャーズさんはその事をウッドウォードさんに話した。ウッドウォードさんはエングラー先生に会い、報告した。先生は私たちのところに来て、「若いままでいたくないんですか」と言った。そこで、アーニーが言った。「それはそうですが、あの錠剤のせいなんですよ」先生は笑ったが、その一ヵ月後、錠剤は配られなくなった。

■ ■ ■

四週間後、おばの訪問を受けた。「私はおばあちゃん、ハロルドおじさんはおじいちゃん、そしてお前は初めて大おじになったんだよ」とおばは言った。私はおばに、ピーターはどうしているか聞いた。ネルおばさんが言うには、最後に会ったときはあまり体調が良さそうではなかったが、私宛てにすぐに手紙を書くつもりでいたということだった。

■ ■ ■

二ヵ月が過ぎ、妙な手紙を受け取った。現在は故人となっているメイスンさんが読んでくれた。手紙はヘイスティングズのグリフィンズ牧師からで、弟のピーターがヘイスティングズ病院に入院していることを知らせるものだった。

私は考えた。今になってどうしたんだろう？　手紙には何も心配ないと書いてあった。もう十分なほど私の家族は不運に見舞われてきた。もうこれ以上聞きたくなかった。

■■■

一ヵ月後、ピーターからバースデー・カードが届いた。こう書いてあった。「ジョーイ、心配は要らないよ。良くなると思う。近く手術を受ける予定でいます」どんな手術かは書いてなかったが、海の近くの病院に入っていることから何の手術かは想像がついた。

ピーターのことが残念でならないと、奥さん宛てに手紙を書いてくれるようアーニーを介して担当の看護師さんに頼んだ。しかし、返信はまったくなく、それだけにピーターのことが案じられてならなかった。しかし、自分がどれほど深く心配しているかは顔には出さなかった。出すまいとした。

■■■

ビクター・ボイドという、私と同じような脳性麻痺の少年のところにアランという兄が会いに来た。そしてアーニーに、ボグナーまで遠出しないかと聞いた。アーニーは言った。「はい、ありがとうございます。ただ、もしジョーイも行けるならだけど。ジョーイは大変な心配事があるんです」

■■■

翌週、ボグナーへ行った。初めての遠出だった。すばらしい天気だったので、大いに気晴らしになった。ビクターの兄のアランに礼を言うと、「元気を出してもらえてうれしい」と言った。

■　■　■

運動会の日が近づいてきた。運動会では親類や知人が招待される。そこで、当日来れるかどうかを問う手紙をいとこのアーニー宛てに書いてほしいと友人のアーニーを通して担当の看護師さんに頼んだ。行けると思うという返事がすぐに届いた。

■　■　■

当日、友人のアーニーのお母さんと妹さんが来た。私のいとことアーニーの妹さんは、いっしょにブランコを乗りに行った。

私もブランコに乗れたらなと思った。どっちみち、おっかなくて乗れたもんじゃないかな？　とにかく、この運動会の日は本当に楽しかった。

■　■　■

私はまだピーターについて考えていた。

■　■　■

すると一週間ほど後、グリフィンズ牧師から手紙と小包が届いた。小包の中身は聖書だった。ピーターは手術を受けて、半日は起きていられるようになったと手紙には書いてあった。まったく心配はないというわけではないことは分かっていた。一年前、(1)妹のシルビアが同じような手術を受けていたからだ。

こうした事を考え合わせてみると、ピーターは決して安心できるような容態ではない。私はグリフィンズ牧師宛てに、ピーターについて知らせてくれたことへのお礼状を書いてもらうようアーニーに頼んだ。

■ ■ ■

この頃だった。ベイリーさんが私たちの棟に配属された。

■ ■ ■

ある日、マット・ショップで仕事をしていると、ベイリーさんは私を連れ帰るようトムを寄こした。ベイリーさんは私を暖炉のそばに寄せ、ウロス先生から私に話があると言う。一体何事だろうと心配で、ドキドキしながら座った。

■ ■ ■

友人のアーニーが仕事からもどり、「沈んでいるみたいだね、ジョーイ」と言った。「うん、弟のピーターが死んじゃったんだ。今は一人ぼっちさ。すばらしい親類はまだ何人かいるけど…」今や一番近い親戚はジャックおじさんだなと思った。アーニーはその日、私をサーカスに連れ出そうとしてくれたが、「いや、君だけで楽しんできてくれ」と言った。自分の悲しみをだれか他の人と共にしたいとは思わなかった。

■■■

翌週、ネルおばさんから手紙を受け取った。日曜日に祖母といっしょに会いに来るという。再び元気づけられた。

■■■

この年のクリスマスが近くなったとき、フリーストーンさんという学生看護師が来た。初めて彼にひげを剃ってもらったとき、話しかけられて名前を聞かれた。アーニーはいないかと辺りを見回した。アーニーがそばいないときに、知らない人に質問されるのはいやだからだ。私と話をするには、仲介する人が必要だということをこの学生看護師さんが知っていようはずはなかった。後になってアーニーに会い、このことをフリーストーンさんに説明し、名前も伝えるよう頼んだ。

■■■

フリーストーンさんはすぐに私たちと馴染み、クリスマスの飾りつけでは、とても良くやってくれた。私たちの棟は見違えるほどになった。

■■■

クリスマスの二週間前、いとこのアニーが訪ねてくれた。彼女はとても良くしてくれ、ネルおばさんやジャックおじさんといっしょに悲しみを乗り越えさせてくれた。

■■■

私たちはテレビを見たり、レコードをかけたり、ビンゴ・ゲームをしたりしてクリスマスをとても楽しく過ごした。

■■■

間もなくして――

■注

(1) 二年前の間違い。

一九五二年

一九五二年に入った。一月半ば頃、ある男の人が私に会いに来た。名前はバーナード、言語療法士だと言う。ちゃんと話してみたくないかと聞かれた。ちゃんと話したい、とアーニーに伝えてもらった。すると療法士さんはアーニーに、どういうふうにしてジョーイの言うことが分かるようになったのかと尋ねた。アーニーは最初がどんなだったかをすべて話した。

■ ■ ■

ある木曜日、バーナードさんはアーニーと私を診療室に連れていき、私をテーブルの上に座らせた。そして映画に行ったかどうか聞かれた。

私はアーニーを介して答えた。「毎週、金曜日に行きます」明日は何を見に行く予定かと聞かれ、「『赤いベレー』です。アーネムでの戦い(1)についてのもので、すごく面白い映画だと聞いています」と答えた。しばらく会話をした後、突然バーナードさんは「さて、びっくりさせるものがあるんです」と言って、テーブルの下からテープレコーダーを出し、スイッチを入れた。テープレコーダーから流れる自分たちの声を聞いて、心臓が口から飛び出るほど驚いた。

バーナードさんは私たちの声をずっと録音していたのだ。それを聞いたとき、自分の耳が信じられなかった。私の発する雑音をアーニーはどうして理解できるんだろう？神のみぞ知るだ。

■■■

この年の二月六日、ラジオが国王ジョージ六世の崩御を報じた。私はアーニーに、ジョージ六世はイギリス六二代目の君主だから、六三代目はクイーン・エリザベス二世だろうと話した。

■■■

翌週、アーニーがレインさんのいる物理療法室に私を連れていってくれた。そこでボールで遊んでいて、アーニーが足の親指を骨折した。

■■■

アーニーは三週間動けなかった。アーニーが病棟でじっとしていなければならない間、彼がいなくて寂しかった。私を分かってもらうには、ハロルド・スパークスかアーサー・パースンズに頼るしかなかったからだ。

■■■

二カ月後の四月、新しい女性の心理学者が私に会いたがっているという連絡を担当の看護師さんから受けた。先生は、ちょうど病院に着任したばかりだった。

この頃には、アーニーの親指はかなり良くなっていた。彼といっしょに行けるだろうということで、ありがたかった。前回心理学者のところに行って私にできたのは、目と鼻で合図を送ることだけだった。それと同じ目に遭うのはいやだったからだ。アーニーに連れていってもらうと、心理学者の先生は最初に一枚の写真を見せ、その写真の間違っている箇所を質問した。「バスの客がバス停ではなく、道路の真ん中で乗り降りしています。それは間違いです」と答えた。次に二台の自動車の写真を示して、その違いを質問した。「一台の車はタイヤが丸く、もう一台はタイヤが四角です」と答えながら、笑いを抑えられなかった。こうもつけ加えた。「四角いタイヤの自動車は売れません。だれも買いません」次に、ガソリン一ガロンは何パイントかと質問されたので「八」と答え、さらに一〇ガロンではという質問に「八〇」と答えた。

先生は私の答えにとても喜んでくれ、手伝ってくれたアーニーに礼を言った。すると先生は、アーニーとトムといっしょにドライブに行ってみないかと私に尋ねた。ぜひ行きたいです、と言った。

■　■　■

次の土曜日、先生は車でクロイドンへ連れていってくれた。雨模様の一日だったが、楽しいドライブだった。

■ ■ ■

翌日、ネルおばさんと祖母の訪問を受けた。心理学者の質問にすべて正解したことを二人に話すことができてうれしかった。「ジョーイは頭が切れて、家族の中でも頭がいいってことは私には分かっていたわ」とネルおばさんは言った。「ドライブに連れていってくれるなんて、ボーンさんという心理学者の先生はやさしい人ね」とも言った。

■ ■ ■

この四日後の朝、機能訓練室に行った。するとレインさんが「機能訓練、今日はなしよ。あなたたちをパーティーに連れていこうと思ってるの」と言った。「えっ、こんな時間に？」と思った。するとレインさんは、今日のパーティーは送別会であること、近く退職すること、そして後任にはバッド夫人が来る予定であることを私たちに話した。パーティーは楽しかったが、レインさんがいなくなると思うと少し淋しかった。レインさんは、脳性麻痺者のために熱心に仕事をしてきた人だけに、彼女の退職には私たち全員が悲しんだ。私たちにして下さったすべてのことにとても感謝した。

■ ■ ■

二カ月が過ぎ、また運動会の日が来た。おばと祖母が来ていた。アーニーのお母さんと妹さんもいっしょだった。雨が降っていたので、私たちは大テントの下に座った。祖母は元気で、次から次へとタバコを吸っていた。気をつけないとガンになるよ、とアーニーを通して伝えてもらった。祖母は笑って、「死ぬのは一回切りよ。それに、だれも病気にならなかったら、お医者さんは失業しちゃうじゃない」と言った。「それはそうだ」私は言った。

■　■　■

続く九月、おばがイーストボーンへピクニックに連れていってくれた。天気は良かったが、風が強かった。とてもすばらしい時を過ごした。私は座って、港を出て行く船を眺めていた。幼い頃、「ゴールデン・イーグル号」という船に乗せてもらった時のことを思い返していた。

とにかくその日は本当に楽しかった。そしてケイタハムにもどる時間になったときには、死ぬほど疲れていた。

■　■　■

一〇月第一週の火曜日、マット・ショップで仕事をしているとベイリーさんが来て、自分の棟にもどれと言う。何でもどるのか、その理由は教えてくれなかった。だから面会に来た人を見て、どれほど驚いたことか。母方の長兄のジャック・ブルーワーさんだった。「やあ、ジョーイ。お前、大きくなったな」とおじは言った。

おじはしゃべりにしゃべった。私の記憶は懐かしい昔に引きもどされ、笑ったり、うなずいたりしておじに答えていた。アーニーがここにいてくれたらと考えていた。おじは突然、ピーターはどうしているかと私に尋ねた。私は、つけていた黒いネクタイに手を持っていった。するとベイリーさんが、弟さんは亡くなっていて、それが、私が黒いネクタイを指さしていた理由だとおじに話した。おじは、それを聞いてとても残念だと言った。ベイリーさんは、私には今でもたくさんの面会者があるということを話し、他の親戚の人たちの名前を挙げた。不思議なことに、おじが帰ろうとドアの外に出ていったちょうどその時、入れ替わりでアーニーが入ってきた。「もうちょっと早く来てくれてたら良かったのに。今、面会の人がいたんだけど、話を交わすことができなかったんだ」とアーニーに言った。いつも私に付きっきりというわけにはいかないのだとは分かっていたが…。

■　■　■

ジャック・ブルーワーおじさんが訪ねてくれて、どんなに驚いたかをいとこのアニーに話した。私のことなど、おじは忘れているものとばかり思っていた。

■　■　■

一ヵ月ほどして、友だちのアーニーが金魚を何匹か買ってきた。それを見て、金魚の話を思い出した。そこでその事にふれると、「いいよ、ジョーイ。その話を聞こうじゃないか」とアーニーが言った。私は、ずい分昔の幼かった頃のことを話し始めた。母が私を幼児用ベッドに入れると、毎晩すぐに泣いたという。

家では金魚を飼っていた。泳ぎ回る金魚を見て私が面白がっていることに気づいた母は、私が見えるようにと金魚鉢を暖炉の上に置いた。私は泣き止み、眠ってしまったそうだ。「ジョーイ、それって、かわいらしくて、すてきなお話だね」とアーニーは言った。

■ ■ ■

クリスマスが近づき、看護師さんたちはまた飾りつけを始めた。私は友だちに「今年は、女王陛下のお言葉が聞ける最初のクリスマスだね」と言った。

■注

(1) 第二次世界大戦中の一九四四年九月に行われた連合国軍の作戦で、オランダのアーネムの橋をドイツ軍から奪取することを目的とした。作戦は失敗。『遠すぎた橋』のタイトルで映画化されている。

一九五三年

一九五三年は戴冠式の年だった。しかしこの年の初めは、サッカーの決勝戦をテレビで見ようと楽しみにしていた。どっちが勝つと思うかとアーニーに聞かれ、スタンリー・マシューズ[1]のチームが勝つのを見たいと答えた。

■　■　■

決勝戦の日はとても暖かかった。テレビで試合を見た。ブラックプールがボルトンを三対一で負かした。見ていて楽しかった。結果がとてもうれしかった。

■　■　■

戴冠式の日が近くなり、病院のスタッフが国旗を掲げ始めた。六月二日が楽しみだった。

■　■　■

その日が来て、戴冠式をテレビで見るために休日が一日与えられた。すばらしい光景だった。解説を聴くのも興味深かった。王室についての知識を少しばかり深めるのに役立った。

■　■　■

この後すぐ、運動会の日が再びやってきた。そして今回は、思いがけないお楽しみがあった。コールドストリーム・ガーズ(2)によるバンド演奏を満喫したのだ。

■■■

友人のアーサーがF1に移された。結核病棟だ。アーサーがいなくなって淋しかった。

■■■

八月の第一週、また泊まりに行ってもいいかどうかおばに問い合わせてみたところ、もう少したってみないと分からないという返信があった。

■■■

二週目になって、アーニーが家に帰った。

■■■

その三日後、クリケットの国際試合をテレビで見ていると、ベイリーさんがやってきて、「いい知らせを持ってきたよ。週末に家に帰れるぞ。土曜日から月曜日までだ」と言った。

■■■

土曜日が来て、ウキウキし過ぎていて朝食を食べることができなかった。私を少し落ち着かせようと、トムは車椅子に私を乗せて中庭を押して歩いてくれた。いとこが正

一九五三年

午にやってきて、すぐに私をバンに乗せ、再び家に向かった。いとこは私の帰宅を祖母には内緒にしていたので祖母の驚きは大きく、私に会えて喜んでいた。とてもすばらしい週末だったが、またたく間だった。時はたちまちの内に過ぎるようで、あっという間に帰る時が来てしまった。

祖母にキスして別れを告げた。これが祖母に会った最後となった。祖母はとても衰弱していたが、そうした姿をだれにも見せなかった。いつもとても明るく振る舞っていた。家に呼んでくれたアーニーに礼を言って、出発した。ちょうど昼食前にケイタハムに着いた。食べさせてもらった後、マイケルに頼んでＦ１の中庭側に車椅子を押していってもらった。窓越しに友人のアーサーと会い、週末に帰宅した時のことを全部話した。

アーサーと話していると、チフス混合ワクチンを注射するから仕事に行かないようにとベイリーさんが大声で叫んだ。「もどってきた途端、ずい分すてきな歓迎があったもんだ」と思った。

■ ■ ■

一週間後、アーニーが休暇からもどってきた。会えて、どれだけうれしかったことか。家でのことをお互いにすべて話した。

■　■　■

その年の残りは、F１に何度もアーサーのお見舞いに行ったこと以外は例年と変わらなかった。クリスマスには、ずい分良くなった様子でうれしかった。医師や看護師さんのお陰だ。

■注

（１）イングランド・サッカー史上に名を残す名選手で、「ドリブルの魔術師」と呼ばれた。
（２）英国近衛軍楽隊。

一九五四年

ある日、テレビを見ていた。その時、知らないうちに医師の一人が後ろに立っていたのだ。私が気づくまで、先生はそこに一五分間立っていたという。私の神経の緊張度を観察していたが、脳性麻痺にしてはずい分長い間じっとして座っていたということだった。いいテレビ番組とか、何かに関心がいっている時は、いつでも気持ちがリラックスしているんです、と伝えるようアーニーに話した。医師が私たちを気にかけてくれていることを知って良かった。

■ ■ ■

次の運動会の日が近づいたとき、今年の車椅子パレードでは自分たちの車椅子に飾りつけをするようにと言われた。この事はもちろん、看護師さんの仕事を増やすことを意味する。しかし、とても良くやってくれて、当日は目にも色鮮やかな車椅子で送り出してくれた。病院の運営委員が審査し、私たちそれぞれに賞を下さった。

■ ■ ■

九月、またワーズィングに行った。アーニーの親類といっしょさせてもらった。この時までに祖母はかなり介護が必要となっていたので、アニーは祖母の世話があって私に付き添うことはできなかったからだ。アーニーがいっしょだったので、私は人と話すことができた。「私みたく、自分の言うことを理解してくれる君のような人がいれば幸せになれる人はたくさんいるに違いないよね」と言うと、アーニーは「うん。話す人がだれもいないってことがどんなものなのか想像がつくよ」と言った。私はまだ幸せだ。私以上に重度の人が大勢いる。目の見えない人はどうだろう。とても気の毒だ。少なくとも私は、自分の周りで何が起きているのか見ることができる。

一九五五年

一九五五年のある日、首の痛みに取り憑かれて高熱が出た。医師の診察を受け、リンパ腺が腫れているのでＡ１に行ってペニシリンを注射しなければならないと言われた。Ａ１に行き、翌日はずい分良くなった。「効きが早いな。医学研究に感謝だな」と思った。

Ａ１にいたのはほんの二、三日だけだった。Ａ１を出るとき、治してくれた看護師さんたちにほほ笑んで感謝の気持ちを伝えた。

■　■　■

自分の棟にもどり、次の月曜日の朝はマット・ショップへ行った。上司が、レンガ色の、色あせた赤のウールがほしいと言った。注文のウールを一箱分、一日で選び出した。看護師長が入ってきて、「ジョーイ、間違いなく注文の色のが入ってるんだろうな?」と言った。「上司に」と答えると、「生意気なヤツだな」とでも言うような含み笑いを返してきた。上司は、「ジョーイは色が分かってますから大丈夫です」と言った。

■　■　■

九月、花火大会を満喫した。美しい光景だったけれど、煙になって昇っていくのはお金なんだよなと思えてならなかった。それでも、患者たちが楽しめたのだったら、それはそれで価値のあることなのだろう。

■■■

すぐにまた、クリスマスがやってきた。退職したレインさんが来てくれた。「あなた、もう歩いてるの、ジョーイ?」と聞かれた。「いいえ、今になって歩けるようになるだなんて思わないで下さい。もう年ですから。でも、またこうして先生とお目にかかれて良かったです。先生が私たちのために力を尽くして下さったことは、脳性麻痺者全員が知っています」と言った。

■■■

クリスマスが滑るように去り――

一九五六年

一九五六年に入った。この頃はもう、私たちの棟の一、二名がフットボールのクーポン券で運だめしを始めていた。一月のある土曜日、パントマイムを見て帰ってから、アーニーに手伝ってもらって自分のクーポン券をチェックした。「当たりは三つだ。君もだれか看護師さんとチェックした方がいいぞ」と言った。思ったとおり、私の勝ちだった。「これは運のいい一年になるぞ」とアーニーに言った。

■■■

三月三〇日、新しい医師が着任した。ギブソン先生だ。先生は私に積木を積ませようとした。しかし、できなかった。先生の時間を無駄にしてしまったことを謝った。すると、「君、そんなことは気にしなくていい。君にしてあげられることが何かないか探しているんだから」と先生は言った。

■■■

その後、緊張をほぐすための、以前とは別の錠剤を服用することになった。

■■■

三六歳の誕生日に、いとこが会いに来た。海辺への遠足についてのお知らせを見て、

「ジョーイ、あの遠足に行ってみたら?」と言った。答えるまでもなかった。いとこは私の表情を見て、その気持ちも読み取っていた。

■■■

六月にワーズィングに行った。新鮮な海の香りをかぐだけで、とてもすばらしい気分になった。「十分に動く体だったら、家族の中でただ一人の水兵になっただろうな。それが一番の人生さ。海軍の男たちは、だれもが健康であるにちがいないよ」とアーニーに言った。

■■■

九月、担当看護師のベイリーさんが去り、後任にジャッドさんが入った。

■■■

ほどなくして一〇月、イギリスはアジア風邪[1]に見舞われた。私も被害者の一人だった。ジャッドさんが注射の担当だったが、その後間もなくしてジャッドさんもアジア風邪で倒れた。私のせいかもしれないと思った。私がうつしてしまったみたいで申し訳なかった。その時、医師や看護師さんは、大変な危険にさらされながら仕事をしているのだということに気づいた。

■■■

私は五日間ベッドから起き上がれず、治った時はうれしかった。

■　■　■

クリスマスの頃、いとこのアニーの訪問を受けた。祖母はまだとても具合が悪いという。祖母は八四で、つきっきりの看病が必要になっていた。

■注

（1）一九五六年に中国で発生し、世界的に流行したインフルエンザ。世界で約一〇〇万人が、日本では五七〇〇人が死亡した。

一九五七年

一九五七年、ちょっとした引っ越しがあった。私たちの棟がペンキの塗り替えをするため、E1棟に移されたのだ。

■■■

三月にアーニーが病気になり、私はまた困ってしまった。それでも、ハロルド・ロバーツがいて、私の言葉を少しは理解してもらえた。そしてマイケルには手紙の代筆をしてもらうことができた。

■■■

この状態が三週間続いた。そしてまた元にもどった。

■■■

私はフットボールの決勝戦を楽しみにしていたが、テレビが壊れてしまった。最初は皆、ふさぎこんでいたが、その時ある考えが浮かんだ。私はアーニーに「コロネイション・クラブに決勝戦を見に行けないか頼んでみたらどうかな」と言った。そこでアーニーが担当の看護師さんに頼んでみると、看護師長と連絡を取ってくれた。看護師長がいいだろうと言ってくれて、ついに私たちは決勝戦を見ることができたのだった。

■ ■ ■

その年の八月、アーニーがまた家に帰った。またハロルドに通訳を頼らざるを得なくなった。アーニーに、私のために休暇をあきらめてほしいとは言えないではないか。アーニーは私から時々は解放されるべきなのだ。彼が私にしてくれたすべての事に対して神が報いてくれるよう願った。私が恩返しすることは到底無理だろうからだ。同じことは、医師や看護師さんたちについても言える。アーニーがいない間に、別の遠足が近づいているというお知らせが掲示された。お金は十分にあったので、自分とアーニーの分の参加費を支払った。アーニーが休暇からもどってきたときにその事を話したら、彼は驚いていた。

■ ■ ■

リトルハンプトンへの遠足だった。遠足は楽しかったが、これがこの年最後の気なぐさみだった。

■ ■ ■

二ヵ月後の一二月、大型のレントゲン装置が病院に来た。全員がX線写真を撮るように言われた。私は少し悩んだ。自分の家族には気管支疾患の遺伝があることを知っていたからだ。そしてこの時、胸の具合が少し変だったのだ。しかし、放っておかないで、調べてもらうのが一番だとすぐに思い直した。私はレントゲン写真を撮った。希望をもって生活し、それ以上何も考えないことにした。余計なことを考えて、クリスマスのご馳走を台無しにするようなことはなかった。

■　■　■

クリスマスの三日後、担当の看護師さんが、「ジョーイ、胸のX線写真、もう一度撮りたいんだ」と言った。予想はしていたが、正直、思い悩んだ。

一九五八年

X線写真を撮った後、ある木曜日までは何の連絡もなかった。一九五八年一月一六日になって、何の説明もないまま入浴させられた。何かあったんだということが分かった。私にどう知らせようかと病院スタッフが決めかねているみたいだった。「今になって、本当に別れることになるのかなあ」と言うようにアーニーを見た。

アーニーがティー・タイムのお菓子を口に運んでくれようとしたが、とても心配で喉を通らなかった。その後、五時になってコックスさんが来て、咳がひどいから胸の治療が必要だと告げられた。これはF1行きを意味する。結核病棟だ。コックスさんは、「ジョーイ、友だちに別れを言いなさい。ほんのしばらくの間だからね」と言った。F1に行くと、パウルさんが担当看護師として仕事をしていた。私を見て、「やあ、ジョーイ、君とは知らない仲じゃないよね」と言った。八年前、彼がC1で学生看護師として働いていたことを思い出した。パウルさんは私をベッドに入れると、「安心して任せてくれ、ジョーイ。できる限りお医者さんや看護師さんに協力することだよ。君次第だからね」と言った。正直言って、やはり心配だった。アーサー・パースンズを除いて、私が知っている患者はだれもいなかった。そのアーサーがやって来て、「俺を追いかけて来たのかい？」と言ったとき、少し気持ちが楽になった。私が自分の胸を指すと、「ああ、知ってるよ。ひどい病気さ。ここにいる人たちは、ほとんどがそれさ」とアーサーが言った。

■ ■ ■

後に、何年か前から知っている別の患者を見かけた。すぐにここに慣れるだろうと思った。すると、窓の外からだれかが私の名前を呼ぶ声がする。アーニーの奴だった。私を見捨てるようなことはないとは分かっていた。ともあれ、F1は彼の棟からそう離れていないんだと思ったとき、ずい分と励みになった。

■ ■ ■

翌日のティー・タイムのとき、スタッフがフライド・エッグとベーコンを調理してくれた。「何を心配してるんだ、ジョーイ？ こんなにいい病棟にいて、こんなにいい食事をとってるじゃないか。心配するなんて、おかしいぞ」と自分に言い聞かせた。別のスタッフが当番でやってくるのを見て、全員が顔見知りだったのでうれしかった。

■ ■ ■

二週間後、この新しい棟に移って初めての面会があった。アーニーの助けを借りずにおばと話すしかなかった。アーサーは私の言葉を何とか理解できる程度だったので、困ったことになるかも知れなかった。おばは母の使っていた聖書を持ってきてくれたのだ。母の聖書を目にして、色々なことが思い出された。その聖書は、今でも持っている。

■　■　■

ここに来て最初の週、看護師さんたちが薬を持ってくるのを見ていた。しかし、その度に私の前を通り過ぎていった。

■　■　■

しかし次の月曜日、担当看護師のポーガルさんが他の人に薬を配った後、私のベッドのところで立ち止まり、「名前はジョーイ・ディーコンですね？」と言った。私はうなずき、これが自分の薬だなと思った。「薬を持ってきました。新薬だよ。きっと良くなる」薬は苦かったが、慣れなければいけないということは分かっていた。ストレプトマイシンの注射も行われた。

■　■　■

三月、耳におできができた。いくら膏薬を貼っても、頭が痙攣して剥がれてしまった。しかし、ある看護師さんは根気強かった。ダーモディーさんだ。三〇分もかけて膏薬を貼ってくれた。剥がれなかった。

■　■　■

翌月、良い天気が続いたので、ベランダに出ることが許された。私はすごくご機嫌だった。アーニーがすぐに私を見つけてくれ、おしゃべりしに来てくれるからだ。ベランダからは車やトラックも見えたので、いい気晴らしになった。

■■■

六月にもう一度レントゲンを撮らなければならなかった。レントゲンを撮りに行くのに救急車に乗ったのは、この時が初めてだった。レントゲン撮影はこの頃、レッドヒル病院で行われていたからだ。

■■■

その後何ヵ月間か、毎日のティー・タイムの後に一時間ベッドから出ても良いと言われた。回復しつつあるということは分かっていた。「これまではとても順調だ。この病気を打ち負かすためによく食べ、薬も飲み続けなければ」と思った。すでにこの病気を克服したんだという感覚があった。まだストレプトマイシンの注射は続いていたが、三ヵ月後にリピートさんからストレプトマイシンはこれでもうお仕舞い、飲み薬だけでいいと言われた。これはさらに良くなった証拠だ。それまでにも増してうれしかった。

■■■

一二月のある日、他の患者は皆一日中起きていられることを見て知っていたので、私も同じように起きていて良いか聞いてみようと思った。しかし問題は、それをどう理解してもらうかだった。そこで一計を案じた。ヘンダーソンさんが検温に来たとき、ベッドの背もたれの部分を頭で叩いてハンガーをガタガタ鳴らした。それから目をヘンダーソンさんとハンガーの間を往復させた。ヘンダーソンさんは「服かい？」と言った。できるだけちゃんとした言葉で「起きる」と言って、私はうなずいた。ヘンダーソンさんは理解してくれ、明日の朝になったらダットン先生に聞いてみるから、と言った。

■ ■ ■

翌日、先生が来たとき、私がどうやって自分の思いを伝えたかをヘンダーソンさんが先生に話すと、「そうか、それはご褒美もんだな。しばらくの間、毎日午後だけなら起きていてよろしい」と言った。私はそれで満足だった。

■ ■ ■

またクリスマスの日がやってきた。この日は患者全員が他の棟に行くことを許される日なので、私はアーニーに会えるだろうと期待していた。アーニーがやってきて、以前よりもうれしそうにしている私を見て喜んでいた。

一九五九年

一九五九年三月のある日、ベランダに出て座っていた。すると作業員数人が私の棟の向かい側にある果樹園に入って行き、樹木を掘り起こし始めた。なぜ果樹園を掘り返すのかという疑問を病院スタッフの一人に何とか理解してもらった。患者のために訓練センターを建てるからだということだった。「それは面白そうだ。そこに行く機会が自分にもあるだろうか」と思った。

■　■　■

二ヵ月後の五月、一日中起きていることを許された。しかしあまり気持ちを高ぶらさないように、さもないとまた最初に逆もどりすることになると言われた。何と言っても、まだ薬は服用していたし、検温も四時間毎に受けている身だった。中庭にまた出ることができて良かった。うれしくて仕方がなかった。毎日、出た。

■　■　■

そして二ヵ月後、運動会の日が近づいてきて、当日は運動場に出たいかどうかヘンダーソンさんに聞かれた。うなずくと、先生に聞いてみるからと言われた。先生から許可が下りた。スタッフの一人が苦労して私の車椅子に飾りつけをしてくれた。インディアンの酋長のような格好をして車椅子パレードに出場した。

■■■

それから間もなくして九月、田園地方へのバス・ツアーに参加した。何もかもが予想以上にすばらしいツアーだった。皆が良くしてくれた。

■■■

ある日、リピートさんが「仕事ほしい?」と言った。私はうなずいた。「数、数えられる?」再びうなずいた。「毎週クリーニング屋さんに出す靴下の数を数える仕事なんだ」と彼は言った。数えたら四二足だったが、どういうふうにリピートさんに伝えるかが難題だった。計画を練り終えたところにアーサーがやって来た。「ジョーイが言うには、あの窓二つのガラスの枚数と同数の靴下があるそうです」とアーサーに伝えてもらった。リピートさんは、「ええと、一つの窓に二一枚だから、四二足ってことだね?」私はうなずいた。「頭がいいんだなあ、ジョーイ。この仕事は君のだ」とリピートさんは言った。「もっともっと役に立てたらいいのにな」と思った。

■■■

クリスマスの日、驚いたことにアーサーと私は、前にいたC1棟に行ってもいいと言われた。C1棟に私が入って来るのを見て、アーニーはショックだったらしい。「こここにどうやって来たんだい？」とアーニーに聞かれ、「車輪四つと押してくれる人とでさ」と答えた。するとアーニーは、「君って、F１に行ってからかなり図々しくなったな」と言った。その日を楽しく過ごした。自分が元いた棟にもどって、とてもうれしかった。

■　■　■

間もなくして——

一九六〇年

一九六〇年になった。三月、再びレントゲン撮影に行ったが、どうしても体が動いてじっとしていることができず、上手く撮れなかった。

■ ■ ■

そこで翌週、もう一度行かなければならなかった。この時は神経の緊張を緩和する薬を飲み、撮影することができた。

■ ■ ■

次の週になって、撮影する度に快方に向かっていて、常に良くなっていると担当の看護師さんから言われた。「家族のだれ一人として打ち克てなかったこの病気との闘いに自分は勝利しているんだ」と思った。

■ ■ ■

この年の半ば、赤いバッジをわたされた。これは、運動場に毎日出ても良いという許可証だった。

■ ■ ■

一〇月、おばとおじが来た。この赤いバッジについて説明してもらおうと、C１からアーニーを呼んでもらわなければならなかった。

■　■　■

この年のクリスマスは、Ｆ１に来て迎える三回目のクリスマスだった。病院スタッフが黒ビールを飲ませてくれた。黒ビールは、それまで一度も飲んだことがなかった。

一九六一年

一九六一年は良い年だった。三月にアーニーが来て、マット・ショップの仕事に私がもどれるかどうか聞いてみたと言う。もどれると言われたそうだ。

■ ■ ■

もどった当初は、前とは違う仕事に回された。はた織りの仕事だ。ペダルを操作しなければならなかった。最初は少しむずかしかったが、いったん慣れてからは楽しい仕事だった。

■ ■ ■

四月、再びレントゲンを撮った。

■ ■ ■

三週間ほどたったある日、看護師さんが薬を持ってくるのをコップを手に待っていた。すると担当の看護師さんが「ジョーイ、コップは要らないよ。写真がきれいで、もう薬は飲まなくていいんだ」と言った。こんな体に生まれついてしまった私のことを世間は疎《うと》ましく思っているのではないか。そんな感覚がいつもあった。しかし、この闘いに勝利したことで、大きな達成感を得ることができた。病気の克服を可能にしてくれた医師や看護師さんに深く感謝した。

■ ■ ■

この年の運動会の日、訪ねてくれたおばとおじに病気が治ったことを報告することができて、とてもうれしかった。二人とも、とても喜んでくれた。

■ ■ ■

九月、私たちは初めて訓練センターに行った。すばらしい仕事場だった。ここでも私ははた織りをしていて、日に日に腕が上達した。

■ ■ ■

クリスマスの頃、訓練センターでパーティーが行われた。私は女性看護師さんの一人に食べさせてもらった。女性の看護師さんに食べさせてもらうのは、一九三五年の一〇代の頃以来ですとその人に話した。

一九六二年

新年早々のある日、当時訓練センターの責任者だったサンダーズさんから、私たちが働いているところを映画撮影するので最高の姿が映るようにしてほしいという話があった。私はアーニーに「ぼくたちを映画スターにするつもりなんだね」と言った。するとアーニーは、「病院の状況が良くなっているよね」と言った。撮影は医師のヨーク・モー先生によって行われた。

■■■

映画は後日、病院の従業員を集めて上映された。

■■■

私はこの年の運動会の日を心待ちにしていた。はた織りの仕事でテーブル・ランナー(1)を作っていたからだ。テーブル・ランナーをぜひ展示してほしいと頼んであった。

■■■

運動会当日となり、私たちはそのテーブル・ランナーを展示会場の大テントに持ちこみ、その後は移動遊園地に行って楽しんでいた。テーブル・ランナーのことは、バッド夫人が私たちのところにやってきた午後になるまでほとんど忘れていた。バッド夫人は、「だれかから知らせを聞いていますか」と言った。アーニーが「いいえ」と答えると、「テーブル・ランナーが一等賞をとったのよ！」と言った。一等賞と聞いて、何てうれしいんだと皆が言った。

■　■　■

翌週、『ケイタハム・タイムズ』に自分の名前が載って、特にうれしかった。

■　■　■

九月になって、ウィンザー城へのバス・ツアーに連れていってもらった。とても面白かった。存分に楽しんだ。

■　■　■

この後、間もなくして私たちの棟のペンキ塗り替えがあり、引っ越しとなった。Ｆ３の最上階にだ。この時、手術でセント・チャールズ病院[2]に行って以来、初めてエレベーターに乗った。

■　■　■

この年のクリスマスはＦ３で過ごした。

■注

（1）テーブルを横断させるように敷く、細長い飾り布。

（2）「一九二四年」にあるセント・チャイルズ病院との混同とも思われる。

一九六三年

一九六三年の初めはちょっとした災難が続いた。まずはアジア風邪にやられ、三週間寝こんだ。その後、徐々に良くなった。

■ ■ ■

仕事にもどれるまでに回復したら、今度はF３のエレベーターが故障して訓練センターへ行くことができないという。アーニーがそれを知って階段を上ってくるまでに、どうにかある考えが浮かんだ。「あそこにパンかごがあるよね。私をあのかごに入れるようトムに頼んでくれるかな？　そしたらトムとマイケルとで階段を滑らせて下ろせるだろ」とアーニーに言った。三人は了解し、私はパンかごに入って階段を滑り下りた。私が無事に下に着いて車椅子に座るまで、病院スタッフはじっと見守っていた。こうして、私は仕事に出かけた。

■ ■ ■

三月のある日、コロネイション・クラブに行き、私たちの仕事ぶりを撮影した映画を見た。スクリーンに映った自分の姿を見て、自分の目が信じられなかった。

■ ■ ■

この年はスタッフの交代が何回かあった。リピートさんが管理職に昇進し、私たちの棟の責任者としてサムナーさんが後任に就いた。その部下の看護師として、R・アトキンスさんが着任した。着任の当日、R・アトキンスさんは私の散髪をしてくれた。

■ ■ ■

私はおできができて、ベッドで横になる日が続いた。また看護師さんたちに面倒をかけた。

■ ■ ■

一〇月、私たちはF1にもどった。

■ ■ ■

その後ほどなくして、今回がこの棟で過ごす最後のクリスマスで、私は元いた棟のC1にもどることになるとサムナーさんが言った。

■ ■ ■

おばが次に来たときにこの事を伝えると、おばは「友だちのところにもどれて良かったわね」と言った。本当にそうだと思った。唯一の心残りは、結核病棟での牛乳とか卵とかの特別なご馳走だった。まあ、両方ともというわけにはいかないからな。病気が治って、運が良かった。

■
■
■

クリスマスが過ぎ――

一九六四年

一九六四年に入った。仕事に復帰すると、看護師のウィットテイカー夫人から彼女のところで働いてみないかと聞かれた。「なんで私が？　女性といっしょに働くんですか。もしその仕事をやめたいと思ったら？」とアーニーを通して言った。ウィットテイカー夫人は、「ここを出たくなったら、アーニーにそう言えばいいわ」と言った。結局同意し、ドーナツ型の犬用ビスケットを箱詰めするマイケルの仕事を手伝った。

■■■

そこでの仕事を始めてからおよそ一週間後、確かに見覚えのある、しかし名前を思い出せない女性看護師さんに気づいた。じっと見つめていたら、その人が近づいて来て私の名前を聞いた。マイケルが教えると、「その名前、前に聞いたことがあるわ」と言った。彼女はバイオレット・モーリーさんで、当時訓練センターで働いていたのだ。私はアーニーに、一九三〇年のことを覚えているかどうか聞いてくれるよう頼んだ。すると、「あのエプロンのことでしょ？　覚えてますよ」と言った。

■■■

クリスマスが来て、それも過ぎ、間もなくして――――

一九六五年

一九六五年になった。スタートは良くなかった。歯が痛み、歯科医に診てもらわなくてはならなかった。アーニーが歯医者さんにどの歯なのかを教えてあげた。歯医者さんは、「分かった。後で全身麻酔をかけて抜歯しよう」と言った。それから先生は、私の言うことがどうして分かるのかとアーニーに聞いた。アーニーは、「みんな、それを知りたがるんですよね」と答えた。すると先生は、「君は頭がいい。話をすることができないすべての人に君のような友だちがいれば、ずっと幸せになれるのにね」と言った。

■■■

次の土曜日、悪い歯を抜いた。再び痛みから解放された。

■■■

四月、一週間の休暇に入った。寒かったが、私はとても快適だった。

■■■

次は運動会の日のことだ。私たちが運動場にいると、病院の運営委員会議長のマーシャルさんと会った。とても親しみの持てる女性で、フラワー・ショーについてどう思うかと質問された。

「今回の運動会はこれまでで一番です。フラワー・ショーはとても見事です。年々、病院が大きく変化し、改善が行われているのが分かります」と私は言った。各棟は見違えるほどすばらしくなり、患者の身なりも良くなっていると私は話した。快適な仕事場や海辺で過ごす休暇などについても話した。私たちにしてくれるすべてに感謝しているということを理解してもらいたかった。「あなた方が楽しく過ごせているのなら、それが何よりです」とマーシャルさんは言った。自分たちは確かに恵まれているように思えた。

■　■　■

しばらくの間、将来学校になる新築中の建物では作業員が忙しかった。

一九六六年

一九六六年の初め、王室の方が来訪される予定だと知って私たちはとても驚いた。新しい学校の開校式にアレクサンドラ妃殿下が来て下さるのだ。

■■■

そのすばらしい日がやってきて、私たちはいつものように仕事に出かけた。しかし、妃殿下が来られる予定時刻の少し前、外に出て沿道に並んだ。自動車が通過するとき、妃殿下が私たちに手を振って下さったのを見て特に感激した。

■■■

翌年――

一九六七年

少年が一人、私たちの棟に移り、ベッドが私の隣になった。彼は私とまったく同じタイプの脳性麻痺だった。名前はビンセント・スモールウッド。少したって、彼は何か言いたげだった。その表情からトイレに行きたいのではないかと思い、アーニーに知らせた。アーニーは看護師さんの一人に伝えた。ビンセントが親指を立てて「ありがとう」と言うようにほほ笑んだとき、思った通りだったことが分かった。私自身が助けられたのと同じようにだれかを助けてあげる機会が持てて、うれしかった。

■　■　■

この年の一一月、ジャッドさんが別の棟に移り、R・アトキンスさんという新しい担当看護師さんが配属された。二〇年前、アトキンスさんがいつかこの棟の担当になるだろうと言ったことを思い出した。

一九六八年

一九六八年は歯痛で始まった。アーニーが「何、また?」と言った。とにかくお医者さんが診てくれて、再び歯科医のところに連れていかれた。今回は上の歯全部を抜くと言う。まあ、とにかく噛むということができなかったので、入れ歯になっても苦ではなかった。

■ ■ ■

五月一八日は休日で、ボグナーに行った。私の誕生日がある週だった。ノートンさんがそのツアーの責任者だった。自分の誕生日にボグナーに出かけ、もどってみると、大きなサプライズが待っていた。ノートンさんと、ホステルを預かっているマクデイ夫人がバースデー・ケーキを買ってくれていて、四本のローソクが立っているケーキがテーブルの上に用意されていたのだ。「誕生日おめでとう」とみんなが祝ってくれた、すてきなパーティーだった。お陰でいい休日になった。

■ ■ ■

その休日から四ヵ月後、アーニーは休暇で家に帰り、アーサーはA1棟に移った。

■ ■ ■

再び運動会の日が近づき、フレディーとトムから私の車椅子の飾りつけをどうしたいかと聞かれた。第三の通訳者のハロルド・スパークスに自分の考えを伝えるのに四苦八苦した。実のところ、「ジョーイが言ったこと、分かったぞ。フランシス・チチェスター(1)のように、船に乗っているみたいにして行進したいんだ」と突然叫んだのはデレック・タウラーだった。それはいいアイデアだ、と皆が賛成してくれた。

■ ■ ■

アトキンスさんが私の車椅子を船の前部のようにするのを手伝ってくれた。ずい分時間がかかったが、見事な出来映えだった。

■ ■ ■

しかし運動会当日になって、どこか上手くいかないような気がした。風が非常に強い日で、運動場に着くまでに車椅子の飾りつけすべてが吹き飛ばされてバラバラになってしまったのだ。ライブリー・レディー号は難破船だった。天候を別にしても、とてもこの日は良い日とは言えなかった。だれとも話すことができなかったからだ。

■ ■ ■

アーニーの休みが明けてもどってきたときは、うれしかった。とてもいやな一週間だったとアーニーに話した。

■
■
■

その五カ月後――

■注

（1）六〇歳を過ぎてから英国南部プリマスを一九六六年八月二七日にライブリー・レディー号で出港し、地球を一周して翌六七年五月二八日にロンドンブリッジのポンツーンに凱旋した。テムズ川を遡行してロンドン市内に向かうチチェスターはロンドン市民から大歓迎を受けるとともにエリザベス女王自らが出迎えるなど、テレビを通して数百万人の英国人が彼の勇気と冒険を賞賛した。

一九六九年

一九六九年になった。二月、ナイトさんが私たちの棟に来て、「いい知らせだぞ」と言った。ジョン・フィッシャー・スクールから学生ボランティアが来て、私たちの相手をしてくれると言う。ナイトさんは、「気を引き締めてかかれよ。毎週バガテルで勝負することになるぞ」と言った。

■ ■ ■

次の木曜日の朝、いつものようにベランダにいると、アトキンスさんが来て「気を確かに持って聴いてください」と言った。ナイトさんがお亡くなりになったと知って、ちょっと信じられなかった。ナイトさんは私たち脳性麻痺者ととても仲が良く、だれからも好かれていた。その日、私たちのだれもが悲しみに沈んだ。アーニーがバウデンさんを見かけたとき、お葬式に参列してもいいかどうか聞いた。皆でお金を出し合って、立派な花輪を贈った。

■ ■ ■

お葬式から数週間後、退職したヘンダーソンさんの後任に、イートンさんが私たちの棟の担当看護師として着任した。

■　■　■

ジョン・フィッシャー・スクールの学生が毎週金曜日に来るようになった。私たちは、すぐに彼らが好きになった。とても親しみやすかった。彼らがたちまちのうちに私たちと打ち解けるのを見て私はうれしかった。バガテルで勝負し、私たちが上手なのを見てすごく驚いていた。

■　■　■

私の誕生日の五月二四日、学生たちはプレゼントとバースデー・ケーキを買ってきてくれた。

■　■　■

彼らはまた、運動会の日には自分たちの時間を割いてまでして来てくれて、私たちの車椅子を押して運動場を回ってくれた。とてもありがたかった。

■　■　■

一〇月一六日、私たちは病院構内に建てられた学校に入学した。校長のクラーク先生は大歓迎してくれ、勉強することができなかった歳月を取りもどしてくださいと語った。

■　■　■

それからは毎週、私は学校に行っている。教育の成果は、確実に上がっている。

■ ■ ■

その年のクリスマス、私は学校でのティー・パーティーに招かれ、もう何人かの友だちにも会った。一一月の時点で、冬は各棟対抗でバガテルの勝ち抜き戦が行われるという話があった。バガテルは度々やっているので、私たちが簡単に勝つだろうと思っていた。一回戦は楽勝だった。

一九七〇年

そして一九七〇年の二月、それは二回戦で二度目のプレイに臨む前のことだった。自分たちこそチャンピオンだと考えていた私たちがE1の少年たちに打ちのめされたのだ。最悪の日だった。恥ずかしかった。しかし、スポーツとはそういったものなのだ。そして私たちはその後、さらに思い知らされることになる。

■　■　■

病院スタッフのチームが私たちに挑戦したとき、私たちは撃退した。

■　■　■

しかし二週間後の試合では打ち負かされた。彼らはスポーツマンだった。負け試合であっても、スポーツマン・シップを失わないということを教えてくれた。彼らはまた、私たち患者が楽しく試合できるよう配慮するなど、最優秀賞に値した。

■　■　■

五月二四日が巡ってきた。私の前半生が終わった。残りの人生で何が起きるのだろう？　見当もつかなかった。

■　■　■

一九七〇年、好調なスタートを切った。ウィット・サンデーにアーニーのところへ彼の義理の弟が訪れた。私は弟さんに、ポーツマスに駐屯している弟の息子のピーターに手紙を書いてくれないかと頼んだ。

■ ■ ■

ピーターを見つけるまで長いことかかった――三ヵ月もだ。その手紙はポーツマス中を巡った。見つけることができたのは、ディーコン海軍下士官という名前だった。当時、ディーコンという姓は海軍では一人だけだったからだ。

■ ■ ■

ある日の朝、担当看護師のイートンさんが「ポーツマスから手紙だよ」と言って、一通の手紙を持ってきた。私はアーニーの方をふり向いて、「アーニー、君の義理の弟さんが送ってくれた手紙を私のおいのピーターが受け取ったんだってさ」と言った。ピーターからの手紙が届き、どれほどうれしかったことか。

■ ■ ■

ピーターが恋人のブレンダを連れて会いに来た。会えて、どれだけ誇らしかったことか。自分の艦と自分の写真が載った海軍名鑑を持ってきてくれた。ピーターは、「一年半ぐらいの内に結婚する予定なんです」と言った。結婚式に出たいかどうか聞かれた。

私がアーニーの方に目を遣ると、アーニーに出席してもらってかまわない、トムもだと言う。ピーターは四週間毎にカーシャルトンに連れていってくれる。幸先の良いスタートだった。そして、いいことはさらに続いた。

■■■

四週間後、別のおいがやってきた。私はその時、訓練センターで働いていた。ある火曜日、一〇時半になって私の好きな介護士のフィリス夫人が訓練センターに来た。「ジョーイ、面会の方が見えてますよ」と教えてくれた。「男の人が二人、会いに来てるわ」と言った。私はベランダに行き、アーニーに「あれがデイビッドさ。おばあちゃん、つまり私の母さんと目がそっくりなんだ」と言った。私は、またまたうれしくなった。私の後半生は順調に滑り出した。

一九七一年

おいのピーターが五月一七日、自身の誕生日に来た。ブレンダもいっしょだった。翌週の私の誕生日、五月二四日に外出したいかどうか聞かれた。「したい」と答えると、ピーターは担当の看護師さんに「ジョーイを連れ出してもかまいませんか」と聞いた。「ええ、大丈夫だと思います」と看護師さんは答えた。

■■■

誕生日前日の月曜日、私たちの棟が沸き立った。カラーテレビが入ったからだ。病院で一番の担当看護師を手に入れたってことだ。病院当局もやるじゃないか。

■■■

五一歳の誕生日が来た。アーニーとトムが一〇時頃に身支度をしてくれた。ピーターは一人で来て、「今日の誕生日、どこに行きたいですか。ブライトンに行こうかなって考えてるんですが」と言った。

五一歳の誕生日の五月二四日、その日、ピーターは私とアーニー、そしてトムをブライトンに連れていってくれた。晴れ上がった、暖かな日だった。ピーターは私を車の外に出し、砂浜のデッキチェアに座らせてくれた。彼の父が家に泊めてくれた一九四七年以来、最高の誕生日だった。ブライトンには三時までいた。

ケイタハムにもどる途中、ギャトウィック空港に立ち寄った。友人のアーニーがめいの住所をピーターに知らせると、「会いに行きたいですか」とピーターは聞いた。アーニーは、「時間が許せばでいいです」と答えた。ピーターは道路地図を取り出して調べ始めた。結局、カーシャルトンに向かった。こうして五一歳の誕生日が終わった。翌週、もっとワクワクすることが続いた。

■■■

次の月曜日、おいのデイビッドが子どもたちを連れてきて、私は大喜びだった。子どもたち三人の大おじに当たる私の実年齢よりも年輩に感じた。デイビッドは妻のメアリーと子どもたちの写真をくれた。

■■■

二カ月が過ぎ、友人のアーニーが「外出許可をもらって、街に出かけてみるってのはどうかな?」と言った。「病院当局次第だな」と私はアーニーに言った。「かなり冒険だけどね」とつけ加えた。「聞いてみる分には差し支えないか」と、アーニーの方をふり向いて言った。

私はアーニーに「ここは自由の国だもんね」と言った。外出についてアーニーは二人の看護師さんに聞いた。最初、看護師さんたちはアーニーに賛成ではなかった。きっと交通事故のことが頭にあったのだろう。それはもっともなことだ。アトキンスさんとイートンさんはボーデンさんに会いに行った。

■ ■ ■

その後三カ月間、外出については何の話もなかった。

■ ■ ■

ある金曜日、その日、訓練センターのリーブズさんが私たちをバスに乗せ、リトルハンプトンへ連れ出した。彼はトムとアーニー、私、そしてマイケルだけで街を歩かせてみたのだ。

私たちは車の流れが途切れるまで横断しなかった。リーブズさんは、道路の反対側で見守っていた。バスにもどったとき、リーブズさんから良い評価をもらった。そして病院にもどった。

■ ■ ■

水曜日、リーブズさんは外出許可をもらいに事務室に行った。

■ ■ ■

翌週、許可が下りて私たちは街へ出かけた。

■　■　■

第一土曜日にディーン病院祭に行った。楽しく過ごした。こうして人生の第二ステージが始まった。

■　■　■

さらに二週間が過ぎた。ある月曜日の昼食時、私たちはベランダにいた。すると、友人のアーニーが「ジョーイ、だれか来てるよ」と言った。大のお気に入り、めいのリンダだった。会えて、どれほどうれしかったことか。リンダは仕事先からビールのマグカップを持ってきていた。私は、リンダの祖父母の写真を全部見せ、私の仕事場に案内した。リンダは、私が働いていることが信じられなかった。リンダは、兄が来年結婚する予定だと言った。その結婚式には私も出席するようピーターから言われていることを伝えた。当日はアーニーにもトムにも私にとっても最高の一日になるだろう。その日を本当に楽しみにしている。

■　■　■

一九七一年

一〇月になって、レントゲンを撮った。変な咳が少し出ていたからだ。ベッドに寝かされて、睡眠剤を飲んだ。レントゲン撮影は嫌いだ。脳性麻痺者にとってすごく厄介だからだ。物理療法士とその助手のモーガン夫人のところに行くよう、医師から指示された。その後しばらくして、胸が少し楽になった。

■■■

一〇月のある夕方、ピーターと婚約者がやってきて、私とアーニーをカーシャルトンに住むアーニーのめいのところに連れていってくれた。

街の灯が池に映っていた。いい夜だった。弟の子どもたちに会うと、新しい生命が自分の中に吹きこまれるような気がする。

■■■

またクリスマスがやってきた。病院スタッフは私たちを喜ばせようと、飾りつけに忙しかった。この年のクリスマスはカラーテレビがあった。カラーで楽しんだ初めてのクリスマス番組だった。

■■■

クリスマスの三日後、めいのリンダが来た。彼女はすてきなセーターを持ってきてくれた。

アーニーはリンダに「胸を患っている、あなたの好きなおじさんが今一番ほしいものですね」と話した。そのセーターは冬の間中、私を温めてくれた。一九七一年も終わりが来た。また、いい一年が過ぎた。

一九七二年

一九七二年に入った。ラグビーの試合を見に、ジョン・フィッシャー・スクールに行った。とても寒い日で、試合観戦どころではなかった。そこで、室内ホールに案内され、バガテルの試合をした。一対〇で負けた。全然いい日ではなかった。

■　■　■

病院のスタッフも運転手さんも看護師さんも良くしてくれている。私はイギリスで一番の施設に入っているのだと思う。他所へは行きたくない。皆、とても親切だ。特にボランティアの学生さんたちが。毎週金曜日、彼らは私たちの相手をしに来てくれる。これ以上、何を望むことがあるだろう。

■　■　■

この年の三月、バガテルの台をホールに運べるかとアトキンスさんがアーニーに聞いた。クロイドンから脳性麻痺者がもう何人か来ることになっていると言う。

■　■　■

私たちは彼らとバガテルの試合をして、二対〇で勝った。好試合だった。自分と同じ脳性麻痺の人とゲームをするのは面白かった。

■ ■ ■

二ヵ月が過ぎた。四月六日に結婚式への招待状を受け取った。この時までずっと、この最高の日をとても心待ちにしていた。

■ ■ ■

四月。ヘディッチさんが、サンシャイン・コーチ(1)で私たちをロング・グローブという病院に連れていってくれた。スキットル(2)をするためだった。ゲームをしていて、さらに何人かの脳性麻痺の人を目にした。私より重度だった。

■ ■ ■

五二歳の誕生日が巡ってきた。おばとおじが、友人のアーニーといっしょに公園に連れていってくれた。おしゃべりを楽しんだ。

■ ■ ■

一九七二年六月一〇日。それは私の人生の最高の日であり、最も誇らしい日だった。朝からワクワクしていた。おいが結婚したその日、自分の持っている一番上等のスーツを着た。午前中ずっと、結婚式に出かける時刻になるのを待っていた。二時になった。グリフィンさんと奥さんが車に乗せてくれた。アーニーとトムが同行した。

グリフィンさん夫妻はキャットフォードまでずっと運転してくれた。気持ちが高ぶっていた。三時三〇分に到着した。教会へは一番乗りだった。そしてグリフィンさんが車椅子を押してくれ、側廊を進んだ。四時一〇分前にピーターが教会に入ってきた。彼のおじであることが誇らしかった。同じ四時一〇分前、ピーターの母親とめいのリンダも教会に入ってきた。

四時五分前に花嫁の両親が教会に入ってきた。四時に聖歌隊の少年たちが所定の位置に着き、牧師が続いた。花嫁と父親が少女三人を従えて身廊《しんろう》を歩いてくるのが見えた。三人とも、ピンクのドレスだった。この子たちは、おいのデイビッドの娘だ。式が始まった。花婿の介添人が私の席の後ろに立っていた。私はピーターの父方のたった一人のおじであることが誇らしかった。

また一人、ディーコン家の人間が増える。結婚式の間、ずっとその事を考えていた。式が終わり、結婚した二人が教会から出ていくと、お気に入りのめいが車椅子を教会の外へと押してくれた。最も胸躍る瞬間だった。私とアーニー、そしてトムの写真を教会の外で撮ってもらった。

花嫁の手にキスし、「世のすべての幸を授からんことを」と祈った。私とトムとアーニーは車で披露宴会場に向かった。会場に着き、何と多くの人たち――ピーターの弟と妹、おじ、ピーターの父方のおばたち――が私のことを知っているのだろうと思い、驚いた。その人たちを前にして、私の言葉が理解できる友人のアーニーがいてくれて良かった。彼がいなかったら、どうしたらいいんだろう。本当にいい奴だ。

祝杯を上げ、音楽が流れ、ディスク・ジョッキーが語った。二時間ほどそこにいた。皆さん、私がどんな時を過ごしたかお分かりでしょう。七時、花嫁に乾杯した。リンダがシャンペンを飲ませてくれた。披露宴は七時半にお開きとなり、八時半に病院にもどった。ベッドに入ったときには、疲れ果てていた。絶対にこの日のことは忘れないだろう。

■ ■ ■

結婚式の三週間後、ワーシントンさんともう三人の看護師さんといっしょに休暇でディムチャーチへ行った。良い天気だったが、四日目の夜は激しい雷雨となり、寝室が浸水して避難しなければならなかった。看護師さんたちがまた一仕事してくれた。避難作業の後はかなり疲れたに違いない。

翌日はリッド空港に連れていってくれた。その三日後にはドーバーに連れていってもらい、ドックに出入りする船を見物した。思う存分楽しんだ。

その次の日、私たちはハイスに行った。トムとマイケルが私とアーニーの車椅子を押してくれた。こうして休暇がまた一つ終わった。日焼けして病院にもどった。

■ ■ ■

この年の一〇月、首が痛くなった。カノバス先生が診察してくれた。友人のアーニーが先生に原因を聞くと、首の関節炎だと言う。レッドヒル病院に行くよう指示された。学生看護師さんが救急車で連れていってくれた。

レッドヒル病院では二人の医師が診察し、首のレントゲンを撮った。そう簡単ではなかった。体が痙攣し、じっとしていられないからだ。医師は私を幅の狭い台に寝かせたが、それでもレントゲン撮影することはできなかった。しかし、医師はあきらめなかった。いい考えを思いついた。私を高い椅子に座らせ、ひもでしばりつけたのだ。そしてレントゲンを撮った——一瞬ですべて終わった。終わって、うれしいったらなかった。診察待ちの人でいっぱいの待合室に連れていかれた。

待っている人に話しかけられたが、話を返すことはできなかった。付き添いの学生看護師さんが、私のことを説明した。待合室には、セント・ローレンス病院に連れ帰ってくれるドライバーを待って一時間いた。帰り着いたときにはどれほどお腹が空いていたことか。

■ ■ ■

一九七二年

二週間後、また胸の具合が悪くなり、ベッドで安静にしていなければならなくなった。

■ ■ ■

翌週、レッドヒル病院からセント・ローレンス病院に手紙が届いた。関節炎の治療法はない、とカノバス先生に知らせてきたのだ。「頑張れ、希望を捨てるな」と自分に言い聞かせた。

■ ■ ■

クリスマスの前、一二月一二日頃にヒンクリー夫人と看護師長のアトキンスさんが私たち脳性麻痺者のためにクロイドン行きを企画してくれた。ジョン・ケッチャーさんともう二人の看護師さんが連れていってくれた。クロイドンに着くと、私たちを色々なお店に案内しようとボランティアの人たちが待っていた。とても良くしてもらった。紅茶とお菓子が全員に振る舞われた。セント・ローレンス病院にもどって、すばらしい夜にしてくれたアトキンスさんとヒンクリー夫人にお礼を言った。病院スタッフも経営陣も皆がとても良くしてくれる。

■ ■ ■

クリスマスの日がやってきた。すてきなクリスマスだった。担当の看護師さん二人は非番だったのに、自分たちの時間を割いてプレゼントを配ってくれた。本当にありがたかった。

クリスマスの朝、一一時一五分前、素敵なサプライズがあった。お気に入りのめいとその恋人がやってきたのだ。一段とすばらしいクリスマスになった。三月一〇日に結婚することを知らせにきたのだった。式はどこで挙げるのかと聞くと、グロスタシャーだと言う。「グロスタシャーとは遠いなあ。遠いところで式を挙げるとなると、やることがたくさんあるんだろうね」とアーニーに伝えてもらった。また一つ、クリスマスが終わった。

■注

（1）病気や肢体不自由などで移動が困難な人たちに送迎を提供するバス。

（2）木製の円盤または球を投げて九本のピンを倒すゲーム。

一九七三年

一九七三年に入った。私たちの学校に新しい先生が着任した。ライリー先生の後任だ。新しい先生は心理学者だった。

■■■

一月の第一週、肺が悪化した。再び友人のアーニーがアトキンスさんに伝えてくれた。アトキンスさんに連れられ、医師の診察を受けに行った。カノバス先生はストレプトマイシンの注射を指示したが、ベッドで横向きになるということができなかった。ベッドで注射するとなると、病院スタッフが私の胸の上に乗って押さえつけることになるのだ。私は先生の指示に従ったが、私がとった姿勢を先生も看護師さんも理解してくれた。必要なとき、アーニーはいつもそばにいて間を取りもってくれる。私にとってなくてはならない大切な存在だ。彼がいなかったら、どうしたらいいんだろう。

■■■

日曜日の一一時一五分前、私はベッドのそばに座っていた。ネルおばさんとジャックおじさん、そしてメアリーおばさんが見舞いに来てくれた。私が病気だという病院からの手紙をジャックおじさんが受け取ったのだ。メアリーおばさんに会って、気分が良くなった。メアリーおばさんの義理の息子さんが車で三人を連れてきてくれたのだ。皆に会えてうれしかった。

■　■　■

一月が過ぎ、二月に入った。結婚式が近づいてきた。式に出席するために病院の患者搬送車を借りることができないかとアーニーがデイビーズさんに聞いた。

結婚式があるのはグロスタシャーで、かなり遠いと思うとデイビーズさんに伝えるよう、アーニーに話した。「ちょっと調整してみるね」とデイビーズさんは言った。

■　■　■

二週間後、良い知らせが来た。ハリス先生からアーニーに、結婚式への車の手配は予定に組みこまれたと連絡があったのだ。「さあ、ジョーイ、気を引き締めろよ」と自分に言い聞かせた。それまでには肺が良くなっているといいなと思った。

■　■　■

一九七三年

三月七日になり、私たちはティピンズさんのお隣さんに会いに行った。マーストハムのジョンソン夫人だ。ペッカムさんが連れていってくれた。ジョンソン夫人はすてきな方で、マッシュポテトを作ってくれた。私たちはこの企画を立案してくれたデイビーズさんに感謝する。デイビーズさんに恩返しできたらと思う。たぶん、いつかきっと。

■ ■ ■

土曜日がやってきた。待ちに待った日だ。六時半に起きた。デイビッド・ハリスという少年が服を着せてくれた。少し鼻風邪気味だった――この日ばかりは無視しなければならなかった。とにかく気持ちが高ぶっていて、朝食を食べられなかった。トムが栄養補助食を作ってくれた。洗面とひげ剃りはすませてあって、朝食前に支度は整っていた。刻々と時は過ぎて一一時。ペッカムさんがステーション・ワゴンを中庭に回し、私を乗せてくれた。そしてジェンキンズさんとアーニー、そしてトムが乗りこんで出発した。ハマースミス橋をわたり、オックスフォードを抜け、一路グロスタシャーを目指した。途中、車を止めて少し散策。その後、再び出発した。

三時にグロスタシャーの州境を越えた。三時半には、セント・メアリー教会の外で待っていた。家族のほとんどがおいのピーターといっしょに到着した。ピーターは教会の外で私と握手をし、「ジョーイおじさん、ここまで来て下さってありがとうございます」と言った。

咳が参列者の迷惑にならないか、それが心配だと、友だちのアーニーが私の思いをピーターに伝えてくれた。四時五分前、花嫁が入場した。めいのリンダだ。私の祖母にそっくりだと思った。父方のおじであることが誇らしかった。式の間ずっと、何てすばらしいめいを持ったものだろうと考えていた。式は一時間足らずで終わった。

教会を後にする新郎新婦二人に手を振った。参列者も皆、二人に続いて教会を出た。写真屋さんが写真を撮った。新郎新婦といっしょに収まった私たちの写真も撮った。記念撮影が終わり、すぐに披露宴に向かった。新婦の母親のパットが私たちに話しかけてきた。「ご家族皆さんでいらっしゃったんではないんですね」と私はパットに言った。「子どもたちを見てくれる人が見つかりませんでね」とパットは言った。

六時一〇分に車にもどり、病院への帰路についた。ジェンキンズさんは名看護師であり、ペッカムさんは名ドライバーだった。九時にセント・ローレンス病院に到着した。夜勤の看護師さんはギノさんだった。満たされた気持ちでベッドに入った。

■ ■ ■

去年の五月、私は友人のアーニーに言った。「もうすぐ五三歳になる。その半分はだれとも話せなかったが、もう半分はそうではなかった。君のお陰だ。君は外の世界に話しかける機会を与えてくれた」

皆がとても良くしてくれる。新しい学生看護師さんたちは、すごく私に関心を持ってくれている。だから彼らの脳性麻痺者研究のために、私の本が役立つことができたらと願っている。この本の執筆に当たっては、友人のアーニーが私の口から言葉をつかみ出し、トムやマイケル、病院スタッフの助けがあって、紙の上に落とすことができた。

これで私の自伝を終える。この本を作ることを可能にして下さった皆さまに心よりお礼申し上げます。

訳者あとがき

二〇一六年七月二六日未明、神奈川県立知的障害者施設「津久井やまゆり園」で入所者一九人が殺害され、二六人が重軽傷を負うという凄惨な事件が起きました。容疑者は「障害者は不幸を作ることしかでき」ないとしてヒトラーを引き合いに出し、「障害者を虐殺したこと（アウシュビッツに先行するガス室や毒薬の注射、食事を極端に減らすなどの方法によって二〇万人にも上る障害者が虐殺されたという安楽死政策[1]）は正しかったが、ユダヤ人虐殺は誤っていた」などとする言葉を残しています。

この事件を知って思い出したのは、ＮＨＫが一九七〇年代半ばに放映したＢＢＣドラマ『ジョーイ』でした。ジョーイ・ディーコン（一九二〇～一九八一）というイギリス人脳性麻痺者を描いた作品です。障害を負った人が身近にいなかった私にとって、その映像は衝撃でした。

調べてみたところ、インターネットのあるサイトにその『ジョーイ』があり、原作となった自伝も古本ながら入手可能とのこと。早速に映像を視聴し、原作を取り寄せました。

一読して驚いたのは、ジョーイの身内はだれもが短命だったということです。「わが家にとってこの病気は大敵らしい」と本文にあるように、原作者のジョーイ・ディーコンは六歳で母を、一八歳で父を、二二歳で妹を、二九歳で義理の妹を、そして三一歳で弟をと次々に家族を失います。すべて肺結核によるものです。自身も三八歳で肺結核を患い、六年におよぶ闘病生活を送りました。回復後も胸の異常や咳に度々苦しみながら、五三歳で本書を世に出しました。

訳出を進める中、「おばはとても良くしてくれた。私を決して見離さなかった」「知り合いの女性の一人が面会に来た。もうすぐ結婚するという報告だった。これは大変なショックだった。彼女のことをとても好きだったからだ。彼女と結婚するのがだれであれ、そいつは幸せ者だ。自分だったらと願うばかりだった」「お手紙を頂いて大変うれしく思います。私のような何の役にも立たない体の男ではなく、健康な体の男性と結婚されたことを喜んでいます」「こんな体に生まれついてしまった私のことを世間は疎ましく思っているのではないか。そんな感覚がいつもあった」など、ドラマでは窺い知ることのできないジョーイの心の内にふれ、度々ハッとさせられました。手が不自由だったために書き残した記録は一切なく、半世紀にも及ぶ遠い記憶から手繰った言葉が胸を打ちます。序にもあるように、「この作品の紛れもない素朴さには真の魅力があります」。

当初、目的は翻訳ではなく、「津久井やまゆり園」殺傷事件に言及する中学校三年生向け英語長文読解問題の作成でした。『ジョーイ』の映像を視聴してスキーマを活性化し、続いてジョーイに関連する英語長文の読解に挑むというものです。この長文読解問題の勘所は「怒涛の質問編」（一八九頁）の最後の問いにあります。この問いを中学生はどう受け止めるのでしょう。そして、私たちは？

訳出にあたり、イギリスのハンプシャー・ベイズィングストーク出身の Daniel Stevens さんから英文の解釈についてご教示頂きました。心より感謝申し上げます。

■注

（1）ナチス宣伝省が「政権に対する最大の打撃だった」とするフォン・ガーレン司教の説教があります。これは一九四一年八月三日、ミュンスターの教会で行われたものです。説教はユダヤ人やロマ、同性愛者、セヴンスデー・アドヴェンティスト信者などの虐殺に目を向けることはありませんでしたが、安楽死政策を強く非難するものでした。ナチス政権はこの説教を発端とする一連の抗議行動に手を焼き、安楽死政策は同年八月二四日に表向きは中止されました。今日の課題を考える道しるべにと、その説教を *By Trust Betrayed* から以下抜粋します。

…長期の治療の末、回復する見こみのない精神病者が精神病院から強制的に移送されています。移

送後間もなくして、「〇〇の病で亡くなられました。ご遺体は火葬いたしました。ご遺灰はお引き取り頂くことができます」などと記された通知がきちんと家族のもとに送られます。おおよそ、こうした精神病者の突然の死に自然死はほとんどありません。その存在が国家にとってもはや生産的ではないと考えられるなら、いわゆる「生きるに値しない命」の排除──つまり罪のない人々の殺害──を認可するという政策に則って、死は人為的に引き起こされたものだったのです。

…殺されている人々は私たちの同胞なのです。私たちの兄弟姉妹なのです。貧しいから、病気だから、非生産的だからといって、それが何なのでしょう？　彼らは自らの意思で生きる権利を放棄したのでしょうか。あなた方や私には生きる権利があるというのは、生産的である限りにおいてなのでしょうか。ある秘密の政策によって、精神病者のこうした扱いは他の非生産的な人たち、例えば不治の結核患者や身体の弱った老人、体が不自由になった労働者、重症を負った兵士に及ぶかも知れないのです。

【参考書籍】　Hugh Gregory Gallagher *By Trust Betrayed* Henry Holt and Company, Inc. 1990
藤井克徳『わたしで最後にして　ナチスの障害者虐殺と優生思想』合同出版　二〇一八

長文

*Joey Deacon

Joey Deacon:ジョーイ・ディーコン

(1)

Joey's mother fell down the *stairs when she was *pregnant. This gave *severe damage to Joey's *brain. He was born with heavy *handicaps in 1920. His legs and arms didn't work, and he also could not talk *normally. He had an *operation on his legs in 1924, but it did not go well. In 1925, he started school, but three months later the school *refused him because of *spastic *movements in class. When he was six years old, his mother died.

stairs:階段 pregnant:妊娠して severe:ひどい brain:脳 hanndicap:障害 normally:普通に operation:手術
refuse:拒否する spastic:けいれん性の movement:動き

(2)

In 1927 when he was seven years old, he went to *Carshalton Hospital for more *treatment. They couldn't understand his words, for example, when he wanted to go to the toilet. He moved to *St. Lawrence's Hospital in 1928. One day he went to a *psychologist, and she asked the difference between a*triangle, an*oval shape, and a*round ring. He pointed at the *figures with his nose. She also asked him how many *pennies are in a *shilling. He answered by *blinking his eyes twelve times.

Carshalton:カーシャルトン treatment:治療 St. Lawrence:セント・ローレンス psychologist:心理学者 triangle:三角形 oval shape:楕円形 round ring:円形 figure:形 penny:ペニー（お金の単位） shilling:シリング（お金の単位） blink:まばたきする

(3)

All that he wanted to do was talk. He hoped that a day *would come when he would *be able to talk. In September 1936, he started working in the *mat shop in the hospital. It was the first time for him to use his hands. On his eighteenth birthday in 1938, his father came to see him, and again in August, but that was the last time he saw his father. In 1939, his father's life *ended.

would:〜するだろう be able to:〜することができる mat shop:布地分類作業場
end:終わる

(4)

For more than twenty years, nobody understood him because of his *deficient speech coming from his *spasticity. But not so *Ernie. He came to Joey's *ward in 1944. In a very short time ("a week" says Ernie), Ernie could understand what Joey was trying to say. One day Ernie told a nurse that Joey wanted to go home for a Christmas holiday. It was really surprising for the doctors and the nurses to find that Ernie could understand Joey. From that day on Ernie and Joey became *lifelong friends. Ernie gave Joey the chance to talk to the outside world.

In 1958, Joey was *X-rayed, and sent to the *T. B. ward. One day a nurse told Joey about a book written by a *spastic who used his *toes to *hold his pen. Joey thought about it and continued to think about it for the next twelve years. Then one Saturday in 1970, Joey said to Ernie, "I'm going to write my story."

deficient:不完全な spasticity:けいれん Ernie:アーニー ward:棟
lifelong:生涯の X-ray:X線撮影する T. B. ward:結核病棟 spastic:脳性まひ者 toe:足の指 hold:持つ

(5)

His *handicapped friends in the hospital helped Joey with the story. It went like this.

1. Joey tells his story.
2. Ernie listens, and repeats Joey's word to *Michael. (Ernie can't read and write, but he can understand Joey's words.)
3. Michael writes it down. (He is not a spastic, and he can write, not *accurately but *well enough.)
4. The nurses then *corrected *errors of *spelling.
5. Joey reads aloud the corrected *script *letter by letter. (He can read.)
6. Ernie watches Joey's face, listens, and repeats Joey's letter to Tom.
7. Tom also repeats a letter aloud, and *types it. (He can't read and write, but he can understand the alphabet. He can move his fingers to type.)

They worked together for fourteen months, and finally in May 1971, the story was finished.

hanndicapped:障害を負った Michael:マイケル
accurately:正確に well enough:まずまず correct:訂正する error:間違い spelling:つづり script:原稿 letter by letter:一文字ずつ typ:タイプを打つ

映像と長文で巡る世界の現場　～イギリス編～

Joey
～怒濤の質問編～

１４

３年＿＿組　氏名＿＿＿＿＿＿＿＿＿＿＿＿＿＿＿＿＿＿＿＿

映像 １．小学校入学から３ヵ月、ぼくは（　　　　　）を拒否された。

長文 ２．（１）で、ジョーイの重い障害の原因となったこととは何？
（　　　　　　　　　　　　　　　　　　　　　　　　　　　　　　　　　　　）

３．ジョーイが学校に通い始めてわずか３ヶ月、学校は彼の通学を拒否しました。その理由は何？
（　　　　　　　　　　　　　　　　　　　　　　　　　　　　　　　　　　　）

４．（２）の２～３行目、カーシャルトン病院でジョーイが困ったこととは？ 具体的にな。
（　　　　　　　　　　　　　　　　　　　　　　　　　　　　　　　　　　　）

５心理学者に自分を理解させようと、ジョーイが採った２つの方法って？
（形の場合→　　　　　　　　　　　　　　　　　　　　　　　　　　　　　　）
（数の場合→　　　　　　　　　　　　　　　　　　　　　　　　　　　　　　）

６．（３）の１～２行目、彼の最大の望みは何だったの？
（　　　　　　　　　　　　　　　　　　　　　　　　　　　　　　　　　　　）

７．（４）の５～６行目、医師や看護士が驚いたことって何？
（　　　　　　　　　　　　　　　　　　　　　　　　　　　　　　　　　　　）

８．７行目、Ernie gave Joey the chance to talk to the outside world.を日本語に訳しなさい。
（　　　　　　　　　　　　　　　　　　　　　　　　　　　　　　　　　　　）

９．９～１０行目、ジョーイが１２年間考え続けたことって何？
（　　　　　　　　　　　　　　　　　　　　　　　　　　　　　　　　　　　）

１０．（５）の１～７行目、ジョーイの自伝を協力して書き上げた４人の能力の特徴を書きなさい。
ジョーイ→（　読むことができる。　　　　　　　　　　　　　　　　　　　）
アーニー→（　　　　　　　　　　　　　　　　　　　　　　　　　　　　　）
マイケル→（　　　　　　　　　　　　　　　　　　　　　　　　　　　　　）
トム→（　　　　　　　　　　　　　　　　　　　　　　　　　　　　　　　）

１１．2016年7月26日、相模原市の「津久井やまゆり園」で障害者19人が殺害されました。犯人は元職員。犠牲者は全員、知的障害者でした。脳性マヒながら、仲間の協力を得て自伝を著すことのできたジョーイほどには意思の疎通ができない人たちでした。犯人は、「障害者は不幸を作る事しかでき」ないと主張。これを後押しするように「知的障害者は嫌い。独り言も不気味」「障害者は生産性ゼロ」「生きている価値がない」「消えてほしい」「正直なところ、親兄弟はホッとしたんじゃないかな」という声もあります。知的障害者に対するこうした主張や声をどう思いますか。あなたの意見を書きなさい。

映像と長文で巡る世界の現場　～イギリス編～

Joey
～怒濤の質問編～

１４

３年＿＿組　氏名＿＿＿＿＿＿＿＿＿＿＿＿＿＿＿＿＿＿＿＿

著者紹介

Joey Deacon(1920 − 1981)

ジョーイ・ディーコンは生まれつき脳性麻痺でした。四肢を動かすことはできず、言葉もほとんどの人たちには理解できませんでした。介助者に支えてもらえば歩くことはできましたが、生涯にわたって車椅子を使って生活しました。ジョーイは同じ入所施設の友人３人の協力を得て自らの生い立ちを著し、1972 年にイギリス全国精神遅滞児協会から自伝を出版します。英語版で 44 頁のこの本は、完成までに１年２ヵ月を要しました。後に彼はテレビ番組に出演し、脳性麻痺について広く人々の関心を高めました。

訳者紹介

泉　康夫（いずみ　やすお）

１９５３年生まれ

武蔵大学人文学部卒

著書に『タフな教室のタフな練習活動―英語授業が思考のふり巾を広げるには―』（三元社），『世界の現場を見てやろう―映像と長文で広げる英語授業のふり巾 ― 』（三元社）

訳書に『橋の下のゴールド　スラムに生きるということ』（高文研）

ジョーイ
あるイギリス人脳性麻痺者の記憶

発行日　２０１９年 12 月 10 日　初版第１刷発行

著者　ジョーイ・ディーコン

訳者　泉　康夫

編集制作　ｗｉｓｄｏｍ萱森　優

発行所　株式会社 高文研

〒 101-0064 東京都千代田区神田猿楽町 2-1-8

電話／ 03-3295-3415　ファックス／ 03-3295-3417

http://www.koubunken.co.jp

印刷＋製本　中央精版印刷株式会社

ISBN978-4-87498-709-4　C0036

関連書籍のご案内

橋の下のゴールド

―スラムに生きるということ―

マリリン グティエレス 著
泉 康夫 訳

フィリピンの貧困と格差問題は、深刻を極めています。臓器移植は近親者間のみ合法となって以降、闇ビジネスが横行しており、その犠牲者の多くがスラムで暮らす子どもです。

本書は、スラムに日々足を運び、路上図書館を開き、読み書きを教え、生きる尊厳を人々に伝え続けた一人の女性の心揺さぶられる記録です。

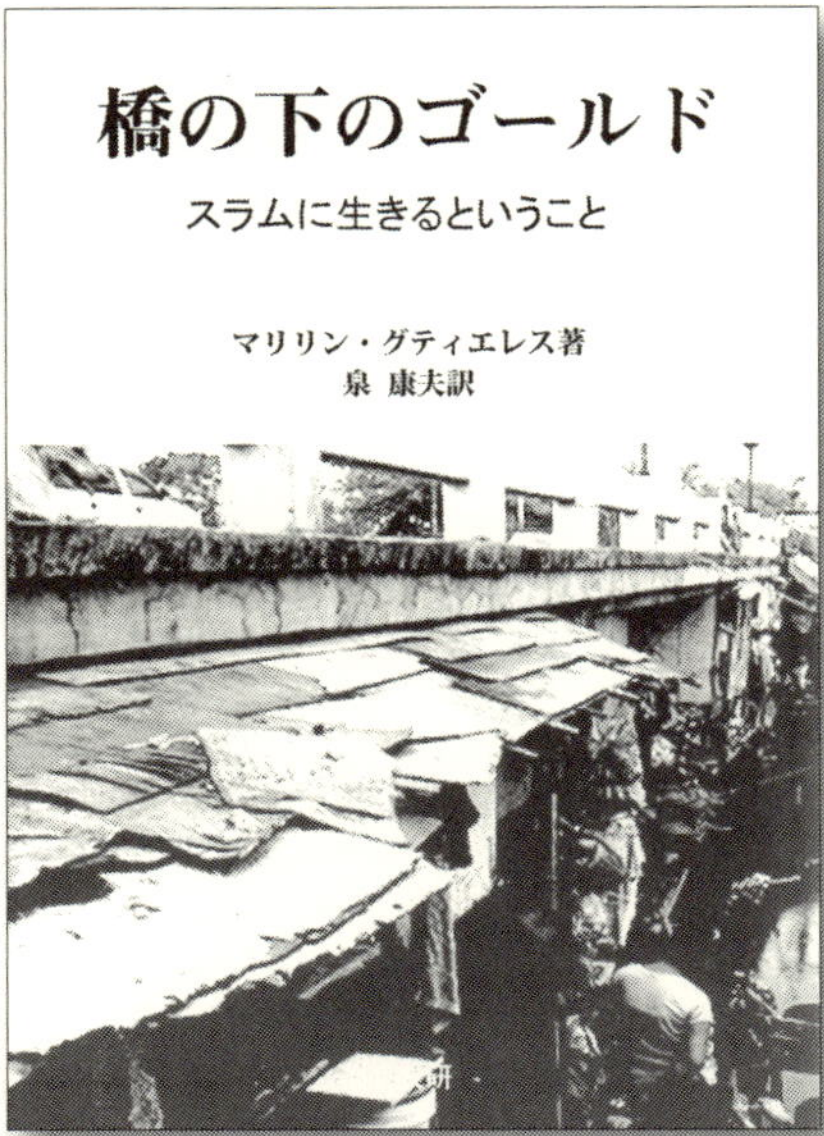

B6判・160頁　本体1,400円＋税